KB053197

책과 여행으로 만난 일본 문화 이야기 2

# 책과 여행으로 만난
# 일본 문화 이야기 2

최수진 지음

세나북스

독서와 여행만큼

즐거움과 깨달음을 주는 것이 있을까?

## 들어가며

일본에 관심을 가진 것은 20대부터였습니다. 일본에서 꼭 한 번 살아보고 싶다고 생각하게 되었고, 20대 후반에 다니던 회사를 그만두고 1년 동안 일본 어학연수를 다녀왔습니다.

1년은 생각보다 짧았습니다. 즐거운 추억도 많이 만들었고 일본어 실력도 늘었지만, 좀 더 깊게 일본과 일본 문화를 공부하지 못했다는 아쉬움이 남았습니다. 그 후 일본에 3년간 출장을 다녔지만 일로 가는 일본은 즐거움이나 연구의 대상이 아닌 치열한 삶의 공간에 불과했습니다.

그 이후 일본에 자주 가지 못하게 되니 일본에 대한 궁금증과 갈증은 더욱 커져만 갔습니다. 일본에 체류했을 때 왜 다양한 경험을 하지 못했나 후회도 했습니다. 생각해보면 일본 어학연수 기간에는 시간은 있었지만 돈이 없었고, 회사에 다니며 일본 출장 다니던 시절에는 금전적 여유는 그 전보다 조금 더 있었지만 일하느라 시간과 마음의 여유가 전혀 없었습니다.

지금은 비록 일본에 살고 있거나 자주 갈 수 있는 상황은 아니지만 책을 통한 간접경험으로 일본에 대해 더 많이 알게 되었고 그렇게 생긴 궁금증을 다시 일본 여행을 통해 해소하고 있습니다.

일본에 관련된 책은 한국인이 쓴 일본 문화론이나 일본인이 써서 번역 출간된 책을 주로 읽었습니다. 일본 여행은 2011년부터 본격적으로 다녀서 17번을 다녀왔습니다. 평범하고 지루한 일상에서 벗어나 가끔 맛보는 일본 여행은 힐링 그 자체였습니다. 새로운 환경과 문화를 접하면 아이디어도 많이 샘솟는데, 이 에너지는 제가 하는 일에 큰 도움이 됩니다.

2015년부터 1인 출판사를 시작하면서 좋은 작가님들과 함께 일본 관련 에세이를 여러 권 출간했습니다. 다년간의 일본에 대한 관심과 독서, 여행이 바탕이 되어 가능했다는 생각이 듭니다. 다행히 세나북스에서 나온 일본 에세이, 일본 여행 에세이를 많은 독자분이 읽어주시고 좋은 평도 해주셨습니다. 어찌 보면 일본에 대한 관심과 일본 여행이라는 취미를 제 직업과 연결했다고도 할 수 있습니다. 정말 감사한 일입니다.

몰랐던 나라에 관해 관심을 가지고, 그 나라 문화를 접하고 들여다보는 일은 즐거운 일이고 삶의 활력소가 됩니다. 저에게 일본 문화를 들여다보는 일이 그렇습니다. 신문을 봐도 일본 관련 기사를 더 유심히 보게 되고 서점에 가도 일본에 대한 신간이 나오면 더 자세히 들여다보게 됩니다. 이런 작은 관심들이 모여 이 글의 재료가 되었습니다.

우리는 일본에 대해 잘 모르고, 그들도 우리에 대해 잘 모른다는 생각이 듭니다. 한 나라에 관심을 가진다는 것은 무엇을 의미할까요? 일본에도 한국과 한국 문화에 큰 관심을 가진 사람들이 존재합니다. 한국은 일본에게 일본은 한국에게 어떠한 의미가 있는가를 생각하며 이 글들을 썼습니다. 한·일 양국 관계에 조금이나마 도움이 되고자 하는 소망도 담았습니다.

사실 일본에 살면서 다양한 경험을 하면 더 많은 정보를 자연스럽게 얻을 수 있고 남다른 통찰도 생길 것입니다. 제가 독서와 여행을 통해 일본 문화를 접한 내용만으로 (일본 어학연수와 일본 직장 경험도 글을 쓰는 데 조금 도움이 되긴 했습니다만) 낸 이 책은 어떤 의미에서는 B급 일본 문화 에세이밖에 되지 않을지도 모릅니다.

물론 단기간의 체류만으로도 한 나라에 대한 특급 여행 에세이를 팡팡 멋들어지게 쓰는 작가들이 존재합니다. 일본 체류 경험이 적어서 좋은 에세이를 쓰지 못한다고 말하는 건 사실 핑계에 불과합니다. 솔직히 제가 품고 있는 지식과 통찰의 부족함이 끝내주는 에세이를 못 쓰는 본질적인 이유입니다.

일본 문화에 관심 있는 사람이 어떤 방식으로 일본 문화를 접하고 소비하는지 읽어보시는 재미는 있습니다. 만약 일본 문화에 관심을 가지고 어떻게 일본 문화를 탐구할지 고민하는 분이라면 제 글이 조금은 도움이 될 것입니다. 책을 읽으며 저와 함께 일본을 여행하는 기분을 느껴보셨으면 합니다.

　새로운 지식과 시각, 통찰을 가지고 감동과 재미를 주는 글을 쓰고자 했지만 능력의 한계를 새삼 느낍니다. 아무쪼록 읽으시는 동안 그동안 잘 몰랐던 일본 문화를 알게 되는 즐거움을 느끼실 수 있다면 그것으로 저는 충분히 만족합니다.

2022년 6월

최수진

# CONTENTS

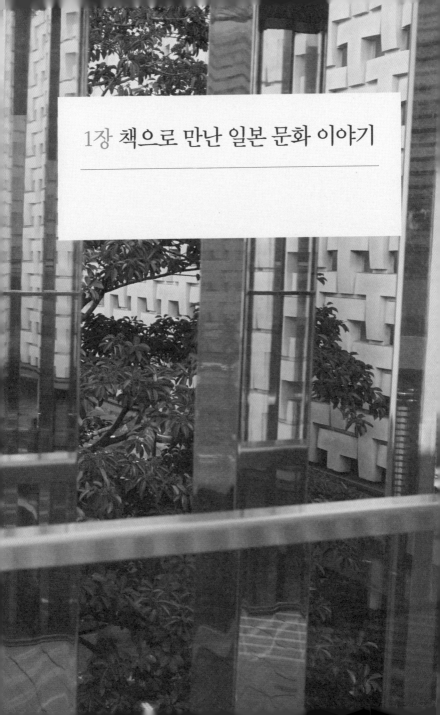

# 1장 책으로 만난 일본 문화 이야기

# 야근이 없는 회사, 무인양품
**마쓰이 타다미쓰, 『무인양품은 90%가 구조다』**

　회사에서 일하며 고참이 되면 전에 없던 고민이 생깁니다. 그것은 회사의 고민이기도 합니다. 고객의 컴플레인도 자주 발생합니다. 왜 같은 회사인데 투입 인력에 따라 일의 방식이나 결과가 다른지를 물어보면 대답하기 곤란합니다. 사원 교육을 강화해야 할까? 신입사원이 봐도 일이 가능한 표준을 만들면 어떨까 생각해봅니다. 실제로 추진해 보기도 합니다. 생각보다 많은 시간과 노력이 필요합니다. 겨우 만들지만 활용도가 낮습니다.

　외부 환경은 계속 변합니다. 지속적인 업그레이드가 필요하지만 그림의 떡입니다. 표준을 만들고 유지하는 일은 작은 회사에서 별도의 인력을 배치해서 해나가기에는 벅찬 일입니다. 결국 아무 성과도 없이 다시 제자리입니다. 이런 일들이 당신의 회사에서도 일어나고 있지 않은가요?

많은 회사에서 업무 처리는 기존 인력의 기술이나 능력에 기대는 바가 큽니다. 일 잘하던 사람이 회사를 나가면 기술이나 노하우도 같이 사라집니다. 이게 한두 회사만의 문제는 아닐 것입니다. 오늘도 많은 회사는 비슷한 문제에 시달리고 있습니다. 그런데 이런 문제를 해결한 회사가 있습니다! 일본 기업 '무인양품'입니다.

『무인양품은 90%가 구조다』의 키워드는 매뉴얼, 효율적으로 일하기, 노하우의 축적, 쓸데없는 노력 안 하기 등입니다. 어느 회사에서나 필요성은 알지만 쉽게 해결하지 못하는 일들입니다. 회사 다니면서 사람들이 힘들어하는 상황 중 하나는 쓸데없는 시간 낭비인 줄 잘 알면서도 해야 하는 일이 있다는 사실입니다. 예를 들어 보고를 위한 파워포인트를 작성해야 하는데 어떤 때는 며칠씩 걸리기도 합니다. 외부 회사에 하는 프레젠테이션이라면 어쩔 수 없다고 하더라도 회사 내부에서 이런 일이 벌어진다면 큰 시간과 노력의 낭비임이 틀림없습니다. 실제로 내부 보고는 파워포인트를 만들어서 하는 것을 금지한 회사도 있다는 이야기를 들었습니다.

보여주기식 보고나 일은 사라져야 합니다. 대부분 알면 서도 실천할 수가 없습니다. 왜냐하면 회사 내에 정형화 된 구조가 없기 때문입니다. '노력이 성과로 이어지는 구조', '경험과 감을 축적하는 구조', '낭비를 철저히 줄이는 구조', 이런 것을 만들 수 있다면 생산성 향상에 크게 기여 할 수 있습니다. 그리고 이런 구조는 당연히 가장 위의 리 더들이 만들고 지켜나가야 합니다. 그래야 모든 직원이 따를 수 있습니다.

2001년, 무인양품은 무려 38억 엔의 적자를 냅니다. 지 속적인 성장 곡선을 그리며 승승장구하던 때, 충격적인 액수의 적자를 기록한 것입니다. 이 책의 저자이자 무인 양품의 회장인 마쓰이 타다미쓰는 이 시기에 사장으로 취 임합니다. 원인을 분석해 보니 가장 문제가 된 것은 바로 업무 스킬이나 노하우를 축적하는 구조가 없어서 담당자가 없어지면 다시 처음부터 기술을 구축해야 한다는 사실이었습니다.

이후 '구조'라는 개념을 생각하고 이러한 구조를 지켜나가기 위한 매장 매뉴얼 〈무지그램〉과 본사 매뉴얼 〈업무기준서〉를 정비합니다. 일견 생각하면 '매뉴얼을 만들어서 그대로 따라 한다면 창의성이 훼손되지 않을까?'라고 생각하기 쉽지만 그렇지 않다고 말합니다.

무인양품의 목표는 단지 매뉴얼을 따라 하는 사람을 만드는 것이 아니라 '매뉴얼을 만드는 사람을 키우는 것'이기 때문입니다. 매뉴얼을 한 번 만들면 그대로 고정이 아니라 한 달에 한 번 업그레이드 되고, 만드는 과정에는 무인양품의 직원들이 적극적으로 참여하고 아이디어를 냅니다.

모든 사원의 경험과 지혜를 축적한 결과가 매뉴얼이 됩니다. 매뉴얼을 만드는 중요한 포인트는 '철저히 구체화'한다는 것입니다. 그렇게 하지 않고 애매하게 써 놓으면 각자 해석하기 때문에 매뉴얼로서의 의미가 없기 때문입니다.

반발도 많았습니다. 기존에는 경리부 사원이 제 몫을 하는 데 15년이 걸린다는 이야기가 있었습니다. 왜냐하면 상사가 부하 직원에게 작업 방식을 직접 말로 가르치는 '구전' 차원에서 업무가 이어져 왔기 때문입니다.

사원들은 '단시간에 배울 수 없다'고 했지만 제도 시행 결과 2년 동안 모든 일을 배우고 5년만 지나면 제 몫을 하는 경리부원을 양성할 수 있었습니다. 인사이동 시의 업무 인수인계도 매뉴얼과 명문화된 자료가 있으면 쉽게 이루어집니다. 매뉴얼을 통해 인재를 육성하는 것입니다.

그러면 잘 만들어진 타사의 매뉴얼을 가져다 쓰면 어떨까요? 매뉴얼은 업무를 표준화한 순서집만을 의미하는 것이 아니라 사풍이나 각 팀의 이념까지 결부된 결과라 직접 만드는 수밖에 없다고 합니다. 이 점은 상당히 의미하는 바가 큽니다.

회사 생활에는 인간관계가 빠질 수 없습니다. 무인양품

의 매뉴얼은 사람 간의 관계에 대한 내용도 정의하고 있습니다. 어찌 생각하면 '뭐 그런 것까지'라고 할 수 있겠지만 사실 회사에서 상사와 부하나 각 부서 간의 문제 등은 대부분 일정한 유형을 가지고 있습니다.

문제가 생길 때마다 임기응변이나 각자의 생각대로 처리하는 것 보다는 차라리 좋은 아이디어가 있다면 미리 알고 해결에 적용하는 것이 나을지도 모릅니다. 특히 중요한 것은 관리직에 있는 사람들인데 이들이 하는 일을 매뉴얼화해서 업무를 표준화하면 시행착오를 줄일 수 있습니다. 행동을 바꿈으로써 성격이나 사고방식도 바꿀 수 있다는 것이 저자의 생각이며 무인양품이 추구하는 방향입니다.

가장 마음에 드는 내용은 역시 저자가 '사원들의 야근을 없애기로 결정했다'는 부분입니다.

"이른 아침부터 밤늦게까지 일하고 주말에는 업무 스트레스로 일어날 기운조차 없습니다. 그런 회사 생활을 수십 년 이어가다 정년을 맞았을 때 과연 이들에게는 무엇이 남을까요?"

이 말을 듣고 나와 내 주변 사람들의 모습이 떠오르지 않습니까? 저자는 '6시 30분 칼퇴근'을 철저히 지키게 합니다. 물론 야근을 없애기 위해 업무의 질을 떨어뜨린다는 발상은 전혀 아닙니다.

앞에서도 언급했지만 필요 없는 노력을 최소한으로 줄이고 업무시간에 집중하는 것을 강조합니다. 불필요한 일에 들이는 시간과 에너지만 다 제거해도 야근 없이 일을 다 할 수 있다는 것입니다. 야근을 일에 대한 열의의 표현이라고 생각하는 상사가 있다면 우선 그 생각부터 고쳐야한다는 말은 한국의 많은 상사에게도 해주고 싶은 이야기입니다.

일을 오래 하면 사람들 사이의 능력에 개인차가 많이난다는 것을 알게 됩니다. 일을 잘하는 사람과 성과가 안나오는 사람은 분명 존재합니다. 처음에는 이런 개인의경험이나 노하우, 감이라는 것을 명문화하고 매뉴얼화하는 것은 거의 불가능하다고 생각했습니다.

하지만 이 책을 읽고 불가능한 일은 아니지만 엄청난 노력이 필요하다는 사실을 다시 한번 확인했습니다. 완벽하게는 아니지만 무인양품이 어떤 방식으로 매뉴얼을 만들고 잘 활용하는지를 충분히 알 수 있었습니다.

문제는 실천입니다. 아무리 이런 방법을 안다고 해도 실천하고 꾸준히 유지하지 않으면 아무 소용이 없습니다. 무인양품이 이런 구조를 가지고 이를 잘 유지하고 있는 것은 책을 쓴 저자이자 무인양품의 회장인 마쓰이 타다미쓰 회장의 강력한 드라이브가 없었다면 가능하지 않았다고 생각합니다.

일본은 무인양품 외에도 이런 매뉴얼과 구조를 만들어 잘 활용하는 회사가 꽤 있는 것으로 보입니다. 시간이 지나면 이런 방식이 기업의 이익과 발전에 미친 영향이 더욱 가시화될 것입니다. 따라 해 볼 것인가는 각 기업이 선택할 문제지만 꽤 해볼 만하다고 생각합니다. 다시 한번 강조하지만 문제는 실천입니다.

# 도큐핸즈는 왜 재미있는가?
## 와다 겐지, 『세상에 팔 수 없는 것은 없다』

일본에서 도큐핸즈 매장에 가 본 한국 사람들은 대부분 놀라움을 금치 못합니다. 일본 유학 시절 신주쿠 다카시마야 백화점 내 도큐핸즈 매장에 일주일에 한 번은 갔습니다. 소매점이지만 다른 잡화점보다 뭔가 더 전문적이고 신기한 물건이 많았습니다. 물건의 종류도 엄청났고 '이런 물건까지 팔다니!'라는 생각이 들 정도로 희한한 물건도 많았습니다.

취미생활을 위한 재료나 아이디어 상품도 많았습니다. 그래서 매주 가도 질리지 않고 자꾸 가게 되는 신기한 매장이었습니다. 한국에 사는 일본 친구들은 "한국에는 도큐핸즈 같은 매장이 없어 아쉽다"라는 말을 하곤 했습니다. 왜 도큐핸즈가 한국에 진출하거나 비슷한 콘셉트의 매장이 한국에 생기지 않을까 했는데 이 책을 읽고 그 이유를 알게 되었습니다.

책은 약간 애매한 시기에 써진 것 같습니다. 저자인 와다 겐지는 현재 도큐핸즈의 직원이 아니고 그만둔 상태입니다. 도큐핸즈의 명성도 예전에 미치지 못하다고 합니다. 그 이유에 대해서도 책의 뒷부분에서 저자가 이야기합니다.

이 책은 결국 도큐핸즈의 성공에 대한 내용이라기보다는 도큐핸즈가 원래 가지고 있는 소매점으로써의 성공 인자에 대해 이야기하고 있습니다. 도큐핸즈는 분명 일본 소매업의 신화를 써왔기 때문입니다. 도큐핸즈를 예로 들어 향후 소매점들이 갖추어야 할 요소에 대해 말해줍니다.

소비자가 쇼핑에서 원하는 것은 무엇일까요? 이 질문에 대한 답이 지금의 소비 부진을 해결할 열쇠입니다. 그것은 '엔터테인먼트'라고 말합니다. 단지 물건을 사기 위한 장소를 뛰어넘는 소매점이라야 고객이 만족한다는 것입니다. 이 말은 무척 중요하다고 생각합니다.

저는 집에서 가장 가까운 동네 중형 규모 슈퍼를 시간이 부족해서 어쩔 수 없는 경우가 아니면 잘 가지 않습니다. 왜냐하면 1년이 지나도 갖추고 있는 상품에 변화가 거의 없기 때문입니다. 도대체 '쇼핑하는 즐거움'이라고는 찾아볼 수가 없습니다.

도큐핸즈는 '손님의 제안'을 가장 중요시합니다. 이러한 소비자의 요구를 우선시함으로써 고객의 신뢰와 지지를 얻을 수 있습니다. 또한 도큐핸즈는 요즘 인터넷 쇼핑몰이 구사하는 방식인 '롱테일'을 실현합니다. 많이 찾지 않더라도 다양한 종류를 보유해서 고객의 요구에 부응하는 것입니다. 사실 이게 말이 쉽지 결코 실천하기 쉬운 일은 아닙니다.

팔리는 상품만 가져다 놓는 것이 일반적인 상점의 모습입니다. 그런데도 이런 방식을 유지하는 데는 맨파워에 의존하는 도큐핸즈의 특성이 큰 역할을 합니다.

일본의 또 다른 유명 소매점 '무인양품'은 매뉴얼에 의한 경영으로 유명합니다. 매뉴얼에 의해 신입사원이라도 쉽게 일을 배울 수 있게 하고 사람에 의한 업무 공백을 없앱니다. 도큐핸즈는 완전히 반대입니다.

저자는 매뉴얼에 의존하는 것은 사람에 대한 의존도를 줄이기 위한 방법이며 결국 비용을 줄이겠다는 말과 다르지 않다고 일갈합니다. 개성 있고 뻔하지 않은 소매점을 만들기 위해서는 매뉴얼 따위는 필요 없다고 말합니다. 맨파워가 중요하다는 것을 상당히 강조하고 있습니다.

판매 직원에게 이러한 자율성, 권한이 부여된다는 것은 정말 중요한 일입니다. 직원의 개성을 그대로 매장에서 실현하는 것이 가능했다고 말합니다. 실제로 매장에서 직원으로 일하면서 마치 '축제를 즐기는' 기분으로 업무를 했다고 합니다. 철저한 현장주의를 지향하고 있습니다.

이런 내용을 읽고서야 도큐핸즈가 한국에 못 들어오는 이유를 알 것 같았습니다. 단순히 물건을 파는 직원은 도큐핸즈의 기본 콘셉트 자체를 흐리게 합니다. 한국에서는 과연 이것이 가능할까요? 어렵다고 생각합니다.

소매점이 갖추어야 할 새로운 모습은 활력인데 대표적인 매장으로 스웨덴의 이케아를 꼽습니다. 이케아는 철저한 디자인 콘셉트가 특징입니다. 도큐핸즈는 철저한 '기능 추구' 상품을 제안합니다. 도큐핸즈는 그동안 압도적인 상품량으로 엔터테인먼트성을 획득하며 소매점의 강자로 이름을 떨쳤습니다.

이 책에서 가장 강조하는 것은 앞에서도 언급했지만 소매업의 부활 방법으로 '엔터테인먼트성을 확보하라'는 것입니다. 물건과 서비스가 넘쳐나는 지금 소비자가 원하는 것은 '필요하니까' 사는 것이 아니라, 쇼핑하는 즐거움입니다. 쇼핑을 즐기고 쇼핑으로 기분전환을 원하는 것입니다. 이런 소비자의 요구를 절대 놓쳐서는 안 된다고 강조합니다. 한국형 도큐핸즈를 기대해봅니다. 결코 쉽지는 않겠지만 말입니다. (2021년 12월, 도큐핸즈가 카인즈에 인수된다는 뉴스가 보도되었습니다)

# 도쿄를 바라보는 이방인의 시선

강상중, 『도쿄 산책자』

도쿄는 산책이라는 말이 어울리는 공간은 아닙니다. 산책의 사전적 의미는 '휴식을 취하거나 건강을 위해서 천천히 걷는 일'입니다. 도쿄가 주는 이미지는 산책보다는 거대함과 자본주의, 트렌디함, 최첨단 같은 것들입니다.

번역본인 이 책의 일본어판 제목은 "도쿄 스트레인저(トーキョー・ストレンジャー)"입니다. 책에서 저자는 "도쿄를 좋아하기도 하고 싫어하기도 합니다. 상경한 지 40년이 넘었지만 이 거리에서는 언제까지고 스트레인저, 그런 기분입니다."라고 말합니다.

도쿄를 바라보는 저자의 시선은 긴장과 경계 없이 주변

을 있는 그대로 즐기는 산책자는 아닙니다. 날카롭고 새로운 시각을 가진 낯선 자, 하지만 그 시선이 결코 부정적이지 않고 어딘지 모르게 연민이 깃들어 있습니다.

우리는 자신이 살고 있는 장소에 대해 어떤 생각을 하며 하루를 보내고 있을까요? 대부분은 너무 익숙한 풍경에 '이곳은 별다른 것이 없어'라며 새로운 세계로의 일탈만을 꿈꾸고 있지는 않은가요?

유명 관광지만 돌아봤겠지 하는 애초의 추측과는 다르게 도쿄를 상징하는 다양한 장소가 등장합니다. '샤넬 긴자점' 같은 쇼핑 공간, '진구구장'과 같은 야구장, '고양이 카페' 같은 특이한 공간과 '국회의사당'도 등장합니다.

사실 누구도 이 책이 여행서라고 말한 적은 없는데 제목만 보고는 여행지만 나오겠지 하고 미리 짐작해버렸습니다. 선입견입니다. 외국 도시 관광에서 우리는 보고 싶은 것만 봅니다. 시간적인 문제도 있지만 그 나라의 문화를 제대로 보기에는 턱없이 부족한 장소 선택이 대부분입니다.

박물관이나 미술관을 방문했다면 그 도시를 잘 본 축에 속할지도 모릅니다. 여건만 되면 이 책에 등장하는 장소에 다 가보면 좋을 것입니다. 가슴에 책을 품고 말입니다.

소개된 장소 중 가장 가보고 싶은 곳은 진보초 고서점가와 하라주쿠, 쓰키지 시장입니다. 사실 한 번 이상 다 가본 곳이지만 그때의 시선은 지금과 전혀 달라졌기에 앞으로 가게 된다면 완전 새로운 장소에 가는 기분이 들 것 같습니다. 그만큼 사물을 바라보는 시선, 예리한 촉이 중요하다는 생각이 듭니다.

이 책은 분명 어렵지 않게 잘 읽히지만 내용은 가볍지 않습니다. 단순히 '먹었다', '놀았다'라는 여타 가벼운 도쿄 여행서와는 다르게 시대, 역사, 사회, 문화 등에 대한 다양한 관점으로 도쿄를 바라봅니다. 비록 지금 그런 시선을 지니고 있지 않더라도 잠시 이 책과 강상중 교수를 통해 빌리면 됩니다. 사물을 바라보는 새로운 시각은 언제나 필요합니다.

책의 구성이 특이하다고 생각했습니다. 장마다 소개 장

소와 강상중 교수의 사진이 있는데 사진에 설명도 달려있습니다. 알고 보니 원래 잡지 <비일라>에 2년 반에 걸쳐 연재한 내용을 단행본으로 낸 것이었습니다. 덕분에 마치 그 장소에 간 것 같은 생생함과 강상중 교수와 직접 대화하는 듯한 느낌이 좋았습니다.

강상중 교수가 바라는 도쿄의 미래는 "이방인 stranger 에게 아무렇지 않게 눈짓하며 살짝 끌어안는 듯한 도쿄"라고 합니다. 도쿄는 충분히 그럴 수 있는 매력 있는 도시입니다.

# 일본의 국민 작가 아사다 지로
## 아스나 미즈호, 『일본문학의 오늘』

"이렇게 말하면 이상하게 들릴지 모르겠지만, 그이는 굉장히 우직하고 한결같은 사람이에요. '소설가가 되고 싶다. 소설 쓰는 것을 좋아한다'는 생각만으로 살고 있는 사람이니까요."

- 아스나 미즈호, 『일본문학의 오늘』

소설 『철도원』으로 유명한 작가 아사다 지로의 부인이 한 말입니다. 그녀는 오랫동안 살던 낡은 집을 떠날 즈음 남편이 하루에 열 시간이 넘게 앉아 소설을 쓰던 서재의 다다미를 청소하면서 눈물을 흘린 적이 있다고 합니다.

하도 긴 시간 책상다리를 하고 한곳에만 앉는 바람에 그가 앉았던 자리가 움푹 패어 있었던 것입니다. 게다가 한두 곳이 아니라 서재 여기저기에 그런 흔적이 있었다고 합니다.

"그것을 보고 나도 아연해질 수밖에 없었는데, 아내는 가슴이 아프고 여러 감정이 교차하는 모양인지 다다미의 엉덩이 자국을 어루만지면서 하염없이 울더군요."

- 아스나 미즈호, 『일본문학의 오늘』

도쿄의 부유한 집안에서 태어났지만 집안의 몰락으로 9살에 가족이 뿔뿔이 흩어지는 쓰라린 경험을 하고 야쿠자 생활, 자위대 입대를 하기도 했습니다. 다단계로 큰돈을 벌어 고급 의상실의 경영주가 되기도 합니다.

"몰락한 명문가의 아이가 소설가가 되는 경우가 많다"라는 가와바타 야스나리의 문장을 읽고 소설가가 되기로 결심합니다. 1997년에 『철도원』으로 제117회 나오키상을 수상하고 작품집 『철도원』은 출간한 지 1년 만에 28쇄 103만 부나 발행했으며 지금도 여전히 많은 사람에게 읽히고 있습니다.

『철도원』에 수록된 <러브 레터>라는 단편소설(소설 『철도원』은 8개의 단편 소설집입니다)은 변변한 야쿠자도 되지 못하는 어정쩡한 사내가 예전에 자신과 위장 결혼한 얼굴 한번 본 적 없는 중국인 아내가 죽었다는 소식을 듣는 이야기입니다. 최민식 주연의 한국 영화 <파이란>의 원작 소설이 바로 이 <러브레터>입니다.

인생은 무슨 일을 이루기에는 턱없이 짧습니다. 무언가를 이루고 싶다면 매일, 온종일 그 일에 매진해야 합니다. 그래도 될까 말까 합니다. 평범한 사람들은 이런 일조차 가능하지 않습니다. 하루하루 먹고살기 바쁠 뿐이지요.

한 살이라도 젊을 때 자신이 어떤 일에 전력투구할 수 있는 환경을 만들어 놓는 것이 중요합니다. 전업 작가로서 어느 정도 기반을 닦으면 모든 시간을 글쓰기에 할애할 수 있겠지요. 온종일 글을 쓰지 않아도 작가가 경험하는 모든 일은 글쓰기에 플러스가 됩니다.

  작가는 경험하는 모든 일, 예를 들면 영화나 드라마를 보고 뮤지컬과 연극을 보고 전시회에 가고 독서를 하는 모든 일상의 즐거움들이 작가의 삶을 살고 글을 쓰는데 밑거름이 됩니다.

  작가는 자기만족이 높은 직업 중 으뜸이라고 합니다. 아사다 지로 같은 작가가 무척 부럽네요. 하긴, 엄청난 노력을 한 작가니 가능한 일이지만 말입니다.

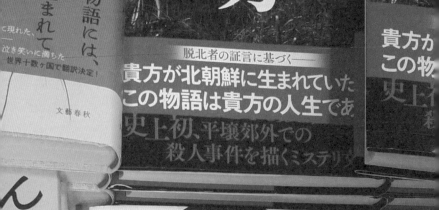

ソン・ウォンピョン　　矢島暁子訳

# アーモンド

"感情"がわからない少年・ユンジェ。
ばあちゃんは、僕を
「かわいい怪物」と呼んだ——

アーモンド
扁桃体が人より小さく、怒りや恐怖を
感じることができない十六歳のユンジェは、
目の前で家族が通り魔に襲われたときも、
無表情で見つめているだけだった。
そんな彼の前に、もう一人の"怪物"が現れて……。

韓国で30万部突破！
「書店員が選ぶ今年の本」(2017)に
選ばれた感動のベストセラー小説
ついに上陸！

# 일본 워킹맘들의 속내를
# 아마존 댓글로 알아본다

거창한 통계는 필요 없을지도 모릅니다. 우린 주변 사람들의 이야기를 통해 많은 정보를 얻고 경험에서 우러난 그 정보는 비록 절대다수의 의견은 아니지만 상황을 판단하기에 부족함이 없습니다.

아마존 저팬(https://www.amazon.co.jp/)을 검색해 보니 일본에는 '일과 육아의 양립'에 대한 책이 무척 많았습니다. 우리에게도 분명 큰 문제고 이슈인데 한국 출판물에서 관련 책은 거의 안 보입니다.

아마존에서 팔리고 있는 여성의 일과 육아 양립에 대한 책, 『아무도 가르쳐 주지 않았다. 알고 보면 즐거운 일과 육아 양립 가이드』에 달린 댓글에서 일본 워킹맘들의 마음을 조금이나마 들여다볼 수 있었습니다.

제가 결혼하던 시절에는 결혼 퇴직이 당연한 시대였습니다. 그로부터 수십 년이 흘렀는데도 젊은 여성들이 '전업주부 지향'이 되고 있다고 얼마 전에 신문에 나왔어요.

저에게는 일과 육아를 양립할 수 있다는 선택이 전무했습니다. 당연히 힘들다고 마음대로 상상하고 누군가가 잘 가르쳐주지도 않았습니다.

하지만 이 책은 이제까지의 여성들의 사는 방식의 선택지를 넓혀주는 책입니다. 많은 분들이 읽고 모두 행복해졌으면 합니다. 저도 지원자의 입장에서 응원합니다.

- 출처 : 아마존 저팬(https://www.amazon.co.jp/)

"아이를 맡기면서까지 일할 필요가 있을까?"
"어릴 때는 아이 키우기에 전념하는 편이 나을지도"
"언제나 빨리 못 데리러 가서 미안해"

이런 식으로 생각하는 엄마들이 꼭 읽었으면 합니다. 저도 이런 식으로 생각하던 일하는 엄마였으니까요. 매일 이런 생각으로 긴장하고 있던 것을 지금도 떠올립니다.

0살(한국 나이 1살) 아이를 어린이집에 맡기고 직장으로 복귀한 저는 "맡겨지는 아이가 불쌍하다"라고 생각했습니다. 아직 혼자서는 아무것도 할 수 없는 아이를 다른 사람에게 맡기고 일하는 나. 그건 정말이지 죄책감에 눌리는 일이었습니다. 아들은 지금은 4살이 되었습니다만, 정말 1년 전만 해도 불쌍하다고 생각하며 일을 했습니다.

그때, 아토홈의 오구리 상에게 이야기를 들을 기회가 있어서 아이들에게 부모 이외의 사람과의 교류가 많을수록 좋다는 말을 듣고는 생각이 180도 바뀌었습니다.

우는 것밖에 못 하는 아이를 처음 가슴에 안은 순간부터, 이 아이를 위해 무엇을 해 줄 것인가 진지하게 생각하고 어쨌든 최선을 다해 지켜주고 싶다고 생각합니다.

그건 가지고 태어난 본능이며 엄마로서의 자연스러운 생각입니다. 하지만 아이는 언제까지고 아무것도 할 수 없는 어린

아이가 아닙니다.

우리처럼 꿈을 스스로 세우게 되고 언젠가는 부모의 곁을 떠나갑니다. 우리 부모들에게 가능한 것은 너는 너의 인생을 살라고 말해주는 것뿐일지도 모릅니다.

그러기 위해 내게 가능한 것은 나는 나의 인생을 살고 좋든 나쁘든 그 모습을 긴 기간 동안 보여주는 정도입니다. 임신에서 출산, 초등학교, 십수 년의 육아 시기를 일과 함께 즐길 것인지 등의 내용을 다수의 롤모델을 통해 소개하고 있어서 자신에게 맞는 스타일이나 생각을 찾을 수 있는 것이 이 책의 특색입니다.

무엇보다 자신의 인생을 자신답게 살아가는 것, 되고 싶은 자신을 목표로 해서 살아가는 것이 자기 자신뿐만 아니라 아이에게도 좋은 면이 많다는 사실을 이 책을 통해 알게 되었습니다.

마지막으로 이 책에는 '아이가 엄마에게 바라는 것은 웃는 얼굴로 꼭 안기고 오늘 하루 어떤 일이 있었는지 차분하게 들어주는 일'이라고 쓰여있습니다.

들어보니 이해는 되지만 좀처럼 잘 안되는 엄마가 많다고 생각됩니다.

# 일본의 어린이집 수가 부족한 이유
**오구미 쇼코, 『알고 보면 즐거운 일과 육아 양립 가이드』**

 

아이 둘을 키우며 회사에 다닌 기간이 12년 정도 됩니다. 남편은 지방 근무로 주말에만 집에 올 수 있어서 육아에 전혀 도움을 줄 수 없는 상황이었습니다. 두 아이를 도맡아 길러 주신 시어머님과 아파트 안에 있어서 든든했던 구립 어린이집이 없었다면 절대 가능할 수 없었던 일입니다.

그러다가 다니던 회사를 그만두고 집에서 재택근무로 출판사 경영을 시작하며 혼자서 초 6, 초 2 두 아이를 돌보기 시작했습니다. (이게 2016년이었으니 벌써 6년 전입니다)

아이들이 학교에 가고 나면 일을 시작하고 다녀와서도

아이들이 옆에서 숙제하거나 놀 때 일을 할 수 있었습니다. 회사에 다닐 때보다 더 많이 일한다는 생각도 들었습니다. 혼자서 유연근무제를 실현하고 있는 셈이었습니다. 만족도는 아주 높았습니다.

일과 가정의 양립에서 가장 기본적인 조건은 무엇일까요? 바로 '믿고 맡길 수 있는 양육자나 기관'입니다. 많은 워킹맘은 어린아이를 어린이집에 맡기고 돌아서는 발길이 가뿐하지 않습니다. 아이가 아프기라도 하면 일도 손에 잡히지 않습니다.

오늘도 한국의 많은 워킹맘이 "무슨 영화를 보겠다고 내가 이러고 있나…. 이걸 때려치워?"라고 고민하고 있을 것입니다. 그럼 이웃 나라 일본의 워킹맘들은 보육 문제, 일과 가정의 양립을 어떻게 해결하고 있을까요?

"일본 죽어라", 분노한 일본 워킹맘

2016년 2월, 일본의 한 30대 워킹맘이 당장 직장을 그만두게 생겼다며 "보육원(어린이집) 떨어졌다. 일본 죽어라!

보육원을 늘리지 않으려면 아동수당 20만 엔을 달라"는 글을 인터넷에 올렸습니다. 이 글은 엄청난 반향을 일으켰습니다. (일본에서는 어린이집을 보육원이라고 부릅니다)

더 큰 문제는 그다음에 생겼습니다. 아베 신조 당시 총리는 별것 아니라는 식으로 지나가려다 엄청난 비난을 받았습니다. 워킹맘의 분노에 놀란 아베 정권은 보육시설 대기 아동 문제와 보육교사 급여 문제에 대한 대책 마련에 돌입했고 자민당은 인터넷 여론 전담 부서까지 신설했습니다. 한마디로 난리가 났었습니다. 이 여성의 말은 2016년 한 해 동안 일본에서 가장 화제가 되어 유행어 대상(U-CAN 주최)에 선정될 정도였습니다.

선진국이라는 일본에서조차 일하는 여성의 아이들을 위한 보육 문제가 아직 해결되지 않고 아이 맡길 곳이 없어서 회사를 그만두는 일이 생기는 이유는 무엇일까요?

일본의 어린이집 수가 부족한 이유

일본에선 어린이집의 숫자가 부족해 워킹맘의 자녀도

입소하기 어렵습니다. 2016년 당시, 도쿄에서만 어린이집 입소 대기 아동이 3만 명 정도였다고 합니다. 한국은 적어도 어린이집이 없어서 못 보내지는 않습니다.

일본도 한국과 마찬가지로 취학 전 아동을 위한 시설이 크게 어린이집과 유치원으로 나뉩니다. 그런데 어린이집을 훨씬 선호합니다. 일단 아이를 오후 6시까지 맡길 수 있고 비용이 매우 저렴합니다. 일본에서는 맞벌이 부부만 어린이집을 보내는 것이 상식입니다. 전업주부들은 일반적으로 2살 때까지 직접 기르고 3세 이후에 유치원에 보냅니다.

일하는 여성이 늘면서 도심에 있는 어린이집에 수요가 몰리고 있지만 일본의 어린이집은 설립 기준이 매우 까다롭습니다. 한국처럼 개인이 운영하는 가정 어린이집이 생겨나기 어려운 구조입니다. 이 점이 바로 일본에서 어린이집이 부족한 이유라고 합니다.

비록 어린이집 수가 적기는 하지만 보내는 부모의 만족도는 아주 높습니다. '믿고 맡길 수 있다'는 것입니다. 한국은 어린이집이 많지만 가끔 터지는 아동 학대 사건을 보면 아직 신뢰도에서는 그리 높은 점수를 주기 힘듭니다. 한국은 가장 믿고 맡길 수 있는 대상으로 조부모를 꼽고 아이가 어린 경우 "어린이집보다는 조부모가 당연히 더 낫다"라는 인식이 있습니다.

실제로 경제협력개발기구(OECD)의 '동아시아 국가 가족정책 비교 연구'(2014년)에 따르면 한국, 일본의 조부모 및 친·인척 양육 비율은 한국이 35.1%, 일본은 27.4%로 꽤 차이가 납니다. 맞벌이 부부 가구로만 한정해 보면 비중이 더 커서 한국은 2012년 기준으로 무려 49.3%였습니다. 즉 일본의 어린이집은 한국 조부모의 역할을 대신하고 있다고도 볼 수 있습니다.

한국에서는 조부모에 의존, 즉 개인이 육아를 스스로 해결하는 반면 일본은 사회가 그 역할을 한국보다는 많이 흡수했지만 예산이나 정부의 무관심 등으로 보육원이 부족한 사태로 이어진 것입니다.

주변 지인 중에도 아이가 어린데 어린이집은 믿음이 안

가서 절대 못 보내겠고 조부모님은 아이 봐줄 형편이 되지 않아서 직장을 그만둔 사람들이 꽤 있습니다. 결국 한국은 아이를 봐 줄 가족이 없어서, 일본은 나라에서 지원을 못 해줘서 여성들이 일을 그만두는 경우가 많습니다.

보육을 꼭 가족에게 기댈 필요는 없다

이처럼 일본은 보육을 가족에게 기대는 비율이 낮습니다. 보육의 질이 높고 꼭 친척이 아이를 돌보지 않아도 괜찮다는 사회적인 인식이나 공감대가 어느 정도 형성되어 있습니다.

일과 가정의 양립에 대해 일본에서 출간된 책을 조사하던 중 '인가 NPO 법인 아토홈' 대표인 쇼코 오구미의 『아무도 가르쳐 주지 않았다. 알고 보면 즐거운 일과 육아 양립 가이드』라는 책을 발견했습니다. 아토홈은 바로 법인이 세운 민간 인가 어린이집입니다. 저자이자 아토홈의 대표인 쇼코 상은 일반 회사에 다니다가 15년 전에 일하는 여성을 위한 어린이집을 설립했다고 합니다.

이 책에서 저자는 "해 보지도 않고 일과 육아를 동시에 하는 것에 대한 막연한 두려움을 가지지 말 것, 그리고 보람 있는 자기 일을 하면서 부부가 협력하여 아이를 기르고 롤모델들의 스킬과 노하우를 배우면 충분히 일과 가정을 양립할 수 있다"라고 말하며 실제로 워킹맘들에게 닥치는 여러 문제점에 대해 구체적인 예를 들어 해결책을 제시해 주고 있습니다.

예를 들면 "친정이나 시댁이 다 멀어서 아이를 맡길 곳이 없는데 회사를 그만둬야 하나요?"라는 질문에 대해 "가족에게 기대지 말고 어린이집, 베이비 시터 등 다른 방법이 많이 있으니 고민할 필요가 없다"라는 명쾌한 답을 제시합니다.

"아이가 갑자기 아플 때 어떻게 대처해야 하는가?"라는 워킹맘이라면 가장 곤란한 상황의 대처 방법에 대해서는 "아이가 아프다고 갑자기 아이와 기존에 접촉이 없었던 사람을 부르는 것은 좋지 않고 평소 아이가 아플 때 봐줄 수 있는 사람을 물색해 두고 아니면 아토홈 같은 시설을 이용하는 것도 방법이다"라고 구체적인 대안을 제시해 줍니다.

이 책을 읽고 놀란 점은 구체적인 사례들을 언급하며 이런 경우 어떻게 해야 한다고 마치 선배 엄마가 이야기해 주듯 자세하게, 납득이 가는 대안을 제시해 준다는 것입니다.

저자는 이 책을 쓴 이유에 대해 "아이들을 잘 키우며 자기 일을 잘하는 여성들의 지식과 경험을 다음 세대의 여성에게 전하고 싶었기 때문"이라고 말합니다.

당장 어린이집의 수와 보육의 질도 중요하지만 물리적인 인프라 외에 다양한 상황에서 대처할 수 있는 노하우가 엄마들에게는 더 필요한지도 모릅니다.

弁当

# 과대평가도 과소평가도 없이
# 정확히 일본을 본다
## 이우광, 『일본 재발견』

 

 

이 책은 서문에서 저자가 밝혔듯이 인문서보다는 경영서를 지향하고 있습니다. 총 5장으로 이루어진 내용 중 제가 가장 흥미 있었던 내용은 '1장 : 사회 문화 재발견' 부분이었습니다. 1장에서 전체를 관통하는 키워드는 바로 '하류'입니다.

2005년 출간된 미우라 아츠시의 『하류사회』 이후 일본에 하류라는 말이 들어간 책이 다수 출간되었습니다. 여기서 말하는 하류는 주로 일본의 젊은이들에게서 나타나는 현상으로 간단히 말하면 '삶에 대한 의욕 상실'을 의미합니다.

이러한 하류의 기류를 다양한 사회 현상을 예로 들어 이 책에서는 설명하고 있습니다. 대표적인 예로 '프리터'가 있습니다. 일본의 프리터는 우리의 비정규직과 비슷할 수도 있지만 확연히 다른 점은 바로 자발적 실업의 성격이 강하다는 점입니다.

젊은 층이 하류화하는 원인으로는 교육 문제를 지적합니다. 전체적으로 학습 저하 현상이 심각하다 보니 스스로 문제가 있다는 것조차 인식을 못 합니다. 초등학생 실력으로도 어느 대학이든 입학할 수 있는 환경도 한몫했다고 합니다. 공부도 하기 싫고 제대로 된 일도 하기 싫은 것입니다. 비정규직 중 능력 있는 사원에게 정규직 전환을 권유해도 사양하는 사례도 있다고 합니다.

하류 지향과 더불어 남성의 여성화와 여성의 남성화 현상도 두드러집니다. 일명 초식성 남자와 육식성 여자의 등장입니다. 이런 초식성 남자들은 자신의 쾌적한 생활과 자신이 납득하는 수준의 실질 소비를 중시할 뿐 남에게 보이기 위한 소비에는 한 푼도 쓰지 않습니다.

문화면에서는 오타쿠가 예전과 다르게 긍정적인 의미로 쓰이면서 오타쿠 문화의 일본적 감성에 대해 표현하는 '쿨재팬'이라는 말이 세계적으로 확산되었습니다.

미국의 저널리스트 더글러스 맥그레이가 오타쿠 문화에 배어 있는 일본적 감성을 "쿨(cool)하다"고 표현한 이후 '쿨재팬'이라는 말이 확산되었다. 귀여움을 중시하는 문화, 한적한 정서(와비), 오래된 것에 대한 미련(사비), 깊이 연정을 품음(모에)처럼 표현하기 어려운 일본인의 미적 감성에 대해 전 세계 젊은이들이 멋지다며 공감하는 것이다.

- 이우광, 『일본 재발견』

이러한 오타쿠 문화를 대표하는 장르이자 일본 소프트파워를 상징하는 것은 바로 만화입니다. 일본 출판계는 만화 없이는 명맥을 유지하기조차 힘듭니다. 만화는 출판에 머무는 것이 아니라 드라마화, 영화화 등 콘텐츠의 재활용과 확장이 얼마든지 가능하기에 그 파급효과와 경제적인 이익 창출은 엄청납니다.

'1억 총중류 사회(1억 명의 전 일본인이 중산층)'라는 말로 대표되던 일본의 승승장구는 이제 먼 옛날이야기가 되었습니다. 디플레이션으로 월급이 줄어든 탓입니다. 저자는 더 본질적인 원인으로 일본 사회의 하류화를 지적하는데 하류의 의미를 다음과 같이 정의합니다.

> 단순히 소득이 적다는 것뿐만 아니라 커뮤니케이션 능력, 생활 능력, 일할 의욕, 배울 의욕 등 삶에 대한 의욕이 총체적으로 낮은 사람
>
> - 이우광,『일본 재발견』

앞서 20대의 하류화도 삶에 대한 의욕의 상실이라고 했습니다. 그렇다면 젊은 층의 하류화가 지금 일본의 성장 발목을 잡는 가장 큰 문제라는 이야기입니다. 그리고 이 현상이 전 계층으로 확산되고 있다고 언급합니다. 결국 하류화는 일본 국민들의 의욕 상실을 의미합니다.

일본 사람들은 고도성장기를 무척 그리워합니다. 비록 거품은 있었지만 일한 만큼 연봉이 오르고 점점 더 잘살게 된다는 그 느낌은 무척 매력적이었을 것입니다.

일본 젊은이의 하류화는 분명 존재하는 것으로 보입니다. 하지만 지금은 좀 힘이 빠져 보이지만 일본을 무시할 단계는 아닙니다. 우리 사회노 비슷한 현상이 없다고 장담할 수 없습니다.

나온 지 벌써 12년이나 된 책이지만 일본을 통해 본 사회 변화에 대해 우리는 과연 괜찮은지 생각하게 해줍니다. 이 책에서 말하듯 과대평가도 과소평가도 없이 정확히 일본을 봐야 합니다. 그리고 우리 자신을 돌아봐야 할 것입니다.

일본에 대한 연구를 가장 많이 해야 하는 나라는 바로 가까이에 있는 한국이다. 아무래도 우리는 세계 어느 나라보다 일본으로부터 많은 영향을 받을 수밖에 없다. 그런데도 일본 연구의 체계가 제대로 잡혀 있지 않은 것은 사람들이 저마다 각자의 렌즈로만 일본을 보려 하기 때문이다. 주관적 시선이 아닌, 좀 더 객관적 시선으로 일본을 바라보아야 한다.

# 인간을 향해야 진정한 예술이다
**후쿠타케 소이치로, 안도 타다오 외,『예술의 섬 나오시마』**

　일본 젊은이들은 도쿄를 갈망합니다. 지방에 사는 사람들에게 도쿄는 꿈의 도시라고 합니다. 우리네의 서울 사랑하고는 또 다른 차원입니다. 하지만 도시는 결국 도시고 삶의 현장일 뿐입니다. 어떻게 보면 젊음과 도시는 서로 꽤 잘 어울려 보이기도 합니다.

　도쿄에는 자극, 흥분, 긴장, 경쟁, 정보, 오락이 있을 뿐 거기에 '인간'이라는 단어는 없다. 역사와 자연이 존재하지 않는 곳에 인간이라는 키워드가 존재할 리 없다.
　　　　　- 후쿠타케 소이치로, 안도 타다오 외,『예술의 섬 나오시마』

하지만 사람은 나이가 들고 성숙해지며 결국 본성으로 돌아갑니다. 자연을 찾게 되고 자연스러움을 눈에 담고 싶어집니다.

『예술의 섬 나오시마』에는 나오시마, 테시마, 이누지마라는 세토내해의 세 섬이 소개됩니다. 세토내해는 유난히 아름다운 바다로 명성이 높습니다. 세 섬에서 아트 프로젝트를 직접 진행한 사람들이 그 과정과 의미에 대해 이야기합니다. 기본이 되는 사상은 예술 작품이 주인공이 아니고 주인공은 인간, 그리고 자연이어야 한다는 것입니다.

세토내해의 아름다움은 에도 말기부터 메이지 시대를 거쳐 전 세계로부터 높은 찬사를 받아왔다. 세계적으로 유명한 아름다운 자연을 자랑하는 세토내해에 현대미술의 요람을 만들자는 구상은 이렇게 구체화되어갔다. 나오시마에서는 아티스트들이 직접 섬을 방문해 '나오시마에서만 볼 수 있는 작품'을 만들어주고 있다. '장소특정적 미술'로 주문형 작업인

셈이다. 그림이 주인공이 되어서는 안 되며, 어디까지나 주인공은 인간이어야 한다고 믿는다.

- 후쿠타케 소이치로, 안도 타다오 외, 『예술의 섬 나오시마』

이누시마에는 1900년 초에 10년 정도밖에 가동하지 않았던 구리 제련소가 폐허가 된 채로 방치되어 있었습니다. 원래는 그 부지의 일부를 산업 폐기물 매립장으로 만들 계획이었습니다. 인간이 만든 문명과 발전, 겉모습 번듯한 도시 뒤에는 산업 폐기물로 뒤덮여야 하는 운명의 다른 공간이 존재합니다. 교섭에만 4년가량 걸려서 이누시마의 폐허가 된 제련소가 서 있는 1만 평의 부지를 취득했다고 합니다.

사실 이런 능력도 자본이 있어야 가능합니다. 실제로 나오시마와 세토내해 섬들의 이 예술 프로젝트는 후쿠타케 소이치로 베네세 홀딩스 이사장의 열정과 노력, 그리고 재력 없이는 탄생하지 못했을 것입니다.

이 프로젝트는 사실 엄청나게 성공했습니다. 후쿠타케

소이치로 이사장은 나오시마에 젊은이들이 많이 오는 것도 기쁘지만 실은 현지의 할아버지와 할머니들이 활기를 되찾아가는 모습을 보는 것이 더 큰 기쁨이라고 말합니다. 그리고 이를 현대미술의 힘이라고 설명합니다. 결국 프로젝트의 당초 목적이던 인간을 향한다를 이루어낸 것입니다.

한국의 유명 작가 이우환 미술관이 나오시마에 있는 것도 반갑습니다. 후쿠타케 소이치로 베네세 홀딩스 이사장은 이우환 작가가 나오시마 아트 프로젝트의 목표에 가장 근접한 아티스트라고 말합니다.

베네세하우스 뮤지엄은 미술관과 호텔의 결합으로 유명하고 지추미술관은 안도 다다오가 설계했으며 클로드 모네의 작품이 전시되어 있습니다. 나오시마의 야외작품인 쿠사마 야요이의 호박은 최고 인기입니다. 사람들은 나오시마 하면 빨간 호박, 노란 호박을 떠올립니다. 호박 하나 뒀을 뿐인데 주변 풍경이 확 달라집니다. 이런 것이 예술의 힘이 아닐까요?

이에 프로젝트는 대부분 사용하지 않은 가옥을 개조해 현대미술 작품으로 만들었지만 미나미테라의 경우는 안도 다다오가 설계를 맡은 신축입니다. 나오시마 목조 건축에는 일반적으로 야키스기 판이 사용되는데, 안도도 이를 의식해 설계했을 것이라고 합니다. 안도 다다오의 작품으로는 귀한 목조 건축이라고 합니다. 안도 다다오는 노출 콘크리트를 활용한 건축으로 유명합니다.

구마 겐고는 목조 작품으로 유명하지만 한 신문 기사를 보니 구마 겐고도 콘크리트 작품이 있다고 합니다. 이런 몰랐던 사실을 알 수 있는 것도 이 책의 재미있는 포인트입니다.

기존 국내 발간 나오시마 관련 책들을 다 본 것은 아니지만 여행 관점에서의 책이 대부분이라면 이 책은 실제 나오시마와 세 섬의 아트 프로젝트에 대한 상세 보고의 느낌입니다. 그렇다고 딱딱하게 이야기를 풀어나가지는 않습니다. 참여했던 아티스트들이 일인칭으로 이야기를 풀어갑니다. 다양하고 유익한 관련 정보를 얻을 수 있었고 예술가들의 생각을 조금이나마 들여다볼 수 있어서 신선한 시각의 변화를 느낄 수 있었습니다. 어찌 되었든 한 번쯤 가보고 싶은 그곳, 나오시마입니다.

• **인상적인 내용**

많은 사람들은 어딘가를 다녀왔다는 사실을 자랑한다. 하지만 그것이 중요한 것이 아니라 그곳에 가서 무엇을 보았는가다. 그리고 그보다 더 중요한 것은 무엇을 느꼈는가. 느끼는 것을 설명하기 어렵다면 무엇을 떠올렸는가, 무엇을 상상했는가가 더 중요한 것이다. 이것이 여행의 진정한 가치다.

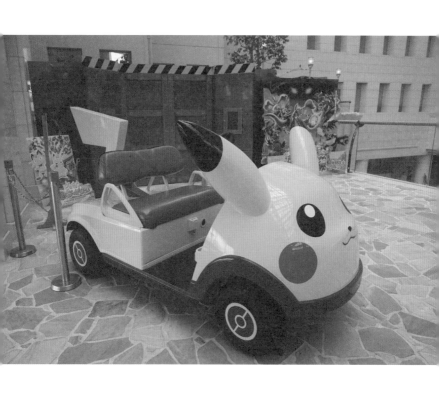

# 봄날의 곰과 무라카미 하루키의 관계

**사이토 다카시, 『사랑하고 있다고 하루키가 고백했다』**

그리고 나는 사랑을 하고 있었다. 그 사랑은 몹시 복잡한 곳으로 나를 끌어들이고 있었다. 주위의 풍경에 마음을 쓸 여유는 어디에도 없었다.

- 무라카미 하루키, 『상실의 시대』

사이토 다카시는 문학부 교수인데 그동안 문학에 대한 책은 거의 안 낸 것 같습니다. 이 책이 그나마 문학에 대한 책이긴 한데 솔직히 다른 책들이 더 재미있습니다. 아이들 교육에 대한 책도 재미있습니다. 최근에는 『잡담이 능력이다』가 한국에서 인기였는데 사이토 다카시는 남들이 평범하게 생각하는 것을 특유의 통찰로 잘 잡아내서 실생활에 유용한 정보나 메시지로 만들어내는 능력이 탁월한 저자입니다.

제목처럼 3분의 1은 무라카미 하루키의 책에 나온 사랑의 언어에 대한 분석입니다. 이 부분은 좀 읽을만하고 다른 부분은 너무 많은 책에 대해 짧게 분석해서 밀도가 떨어집니다. 『지금 만나러 갑니다』는 소설은 안 읽었지만 영화와 드라마까지 다 봤는데 감동적이고 너무나 아름다운 이야기입니다. 멜로에 반전이 있다는 점이 신선했습니다.

무라카미 하루키는 왜 이리 인기가 있을까 하고 궁금하다면 약간의 힌트를 이 책에서 얻을 수 있습니다. 배두나가 주연한 〈봄날의 곰을 좋아하세요?〉라는 영화가 있었는데 이 봄날의 곰이 『상실의 시대』에 나온 대화인 줄 이 책을 읽고 알았습니다. 대학생 때 책을 읽었으니 기억이 안 나는 것이 당연한 건지 대충 읽은 것인지.

이 '봄날의 곰'이 광고 카피로 나와서 빅히트를 치게 되고 『상실의 시대』가 폭발적으로 팔렸다고 합니다. 소설에서 봄날의 곰이 나오는 대목은 다음과 같습니다.

"더 멋진 말을 해줘요."

"네가 너무 좋아, 미도리."

"얼마만큼 좋아?"

"봄날의 곰만큼 좋아."

  (…)

  여기서 봄날의 곰은 미련 곰탱이 같은 곰이 아니라 벨벳처럼 털이 보드랍고 눈이 또랑또랑한 귀여운 새끼 곰이며, 겨울잠에서 깨어나 봄 들판으로 나온 새끼 곰은 인형처럼 귀엽고 사랑스런 존재다. 그렇게 귀여운 새끼 곰과 네가 부둥켜안고 온종일 구르며 노는 그런 멋진 상상만큼이나 너를 좋아한다니, 정말 봄날의 곰만큼 사랑스러운 언어다.

- 사이토 다카시, 『사랑하고 있다고 하루키가 고백했다』

하루키는 본인이 쓴 소설뿐만 아니라 다른 사람이 쓴 하루키에 대한 책도 무척 다양하게 나오는 작가입니다.

한국 작가가 쓴 책인데 하루키가 사는 곳, 하루키와 관련된 장소를 돌아보고 쓴 책도 있었습니다. 이 정도 되면 책을 쓴 작가가 굉장한 하루키 팬이구나 싶습니다. 어쨌든 하루키는 문제적 작가이며 연구 대상임에는 틀림이 없습니다.

• 인상적인 내용

하루키는 보통 사람은 상상도 못할 만큼 센스 있고 세련된 비유를 사용한다. 문장 하나하나가 군더더기 없이 매끈하고 응축되어 있어, 언뜻 보기에는 아주 쉽게 쓰인 것 같지만 대충 써 내려간 글이 아니다. (…) 정확하게 추측할 수 없지만 이해가 되는 듯한 느낌을 준다는 것은 보통의 표현 능력으로는 만들어 내기 어렵다.

# 구글도 안 부럽다, 미라이 공업
**야마다 아키오, 『야마다 사장, 샐러리맨의 천국을 만들다』**

구글, 보아 테크놀로지 등의 회사는 뛰어난 사원 복지로 화제가 되고 있습니다. 구글의 자유로운 분위기, 마사지 실과 피트니스 센터까지 갖춘 근무 환경, 애완견을 데리고 출근해도 OK라는 보아 테크놀로지의 사원 중심 회사 문화 등, 그저 평범한 회사에 다니는 사람들에게는 부러움의 대상일 뿐입니다.

이에 앞서 2007년 7월, MBC 스페셜에서 방영한 미라이 공업에 대한 이야기도 미국의 두 기업 못지않은 사원 중심이며 직원의 능력을 최대한 끌어내는 회사로 주목받았습니다. 이 책은 2007년에 출간되었지만 여전히 미라이 공업은 잘 나가고 있습니다. 2013년에도 사장인 야마다 아키오가 쓴 책을 번역한 『미라이 공업 이야기』가 국내에 출간되었습니다. 이 책 역시 야마다 아키오 사장이 직접 쓴 책인데 번역도 잘 되어 있어서 술술 재미있게 잘 읽힙니다.

야마다 사장은 어떻게 샐러리맨의 천국을 만들었을까요? 사람을 소중히 대해야 하고 사원에게서 의욕을 불러 일으키는 것만이 기업이 성장하는 비결이라고 말합니다. 말이 쉽지, 회사에 다녀보면 잘 알 수 있습니다. 회사가 얼마나 사람을 '돈' 취급하고 '비용' 취급하며 주는 것 없이 '성과'를 내라고 닦달하는지 말입니다. 직장인들은 말합니다.

"직장이 다 똑같지 뭐. 다녀 보면 별난 직장 없어!"

이런 생각을 수십 년 하다가 사장 한번 해보겠다고 창업했다가 또 잘 안되고… 악순환입니다. 야마다 사장도 말합니다. 창업은 정말 바보 같은 짓이고 어렵다고 말입니다.

야마다 사장이 아버지 회사에서 쫓겨난 뒤 회사를 차리고 영업할 때의 에피소드는 배를 잡고 웃게 만듭니다.

"만약 이 물건을 사 주시지 않으면 전 굶어 죽습니다. 제 가방 안에는 밧줄이 들어 있습니다. 만일 물건을 사 주시지 않으면 여기에서 목을 매달겠습니다. 잠깐 가방 안을 보여 드릴까요?" 그들은 내가 가방을 열려고 하면 "아, 됐어요" 하면서 물건을 사 주었다.

야마다 사장은 왠지 허술해 보이는 외모와는 다르게 영업에 일가견이 있습니다. 본인은 영업만 잘하기 때문에 영업에 전념하고 그 외에는 일체 다른 사원들을 믿고 맡깁니다. 사장이 다 하려고 하면 절대 안 된다고 강조합니다. 실제로 많은 기업에서 하는 흔한 실수 중 하나입니다.

직원들에게 맡김으로써 자발적으로 아이디어를 내게 만들고 이것이 상품 개발로 이어져 미라이 공업 생산품의 98%가 특허 상품이라고 합니다. 대단한 절약 정신으로 불필요한 비용을 철저히 줄이지만 사원 여행 같은 이벤트에는 몇십억을 쓰기도 합니다.

사장이라면 고급차를 타고 다닐 일이 아니라 사원의 급여를 먼저 생각해야 하고 자기 재산만 불릴 줄 아는 사장들을 비열하다고 비난합니다. 야마다 사장은 진정으로 사원을 위한 회사를 만들어 경영하고 있는 것입니다.

입사하고 싶어 대기자 명단까지 있는 회사, 사원이 행복하고 사장도 즐거운 회사. 일본에 이런 회사가 있다는 것이 부럽기도 하고 언젠가는 우리도! 라는 생각도 듭니다. 회사를 경영하고자 하는 분들은 한 번쯤 꼭 읽어봤으면 합니다. 분명히 이상적인 안은 있는데 실천은 어렵습니다. 그 간극을 줄여나가는 것이 큰 과제겠지요.

• 인상적인 내용

결국 현장에서 배워야 한다. 이것저것 기업론 따위를 공부해 봤자, 머릿속에 지식으로 입력될 뿐 몸은 움직이지 않는다.

Sirotan

LINE@
お友だちになってね!!
Sirotan@pack

スタッフ おすすめ!
しろたん
イヤホンジャック付き
携帯クリーナー
&
キーホルダー
¥553+税〜
¥610+税

# 틀에서 벗어나
# 당신의 인생을 살라는 메시지
## 마루야마 겐지, 『인생 따위 엿이나 먹어라』

제목부터 이미 삐딱선을 탔습니다. 원래 마루야마 겐지는 이런 파격적인 이미지의 작가입니다. 마루야마 겐지는 일본 사람이고 이 책의 내용은 일본 사회에 대한 비판입니다. 하지만 오늘날 대한민국에 대한 일침이라고 해도 전혀 어색하지 않습니다. 도리어 머리를 끄덕이며 맞아 맞아를 연발하며 읽게 됩니다. 왜 작가는 인생 따위 엿이나 먹으라고 말할까요? 우리가 사는 세계를 왜 지옥이라고 표현할까요?

일본도 한국도 청년 실업과 성장 정체, 국가에 대한 불신에 시달리고 있습니다. 일본은 동일본 대지진과 원전

사고, 한국은 세월호 사건 등을 겪으며 국가 시스템을 과연 믿을 수 있느냐는 고민에 빠졌습니다. 작가는 국가가 힘없는 국민을 위하기보다는 있는 자들의 손아귀에 놀아난다고 말합니다. 이 말이 틀렸다고 할 수 있을까요?

물론 현재 우리가 직면한 문제의 책임은 국가나 사회에만 있는 것은 아닙니다. 개인도 남들이 가는 방향으로만 가고 모험을 싫어하며 스스로 생각하고 결정하지 못합니다. 소중한 자신의 인생을 남의 결정에 다 맡겨버린 꼴입니다. 마루야마 겐지의 독설이 이다지도 뜨끔할 줄이야! 누군가를 탓하기 전에 스스로 변해야 하고 생각 없이 살지는 말자고 작가는 이야기합니다.


남에게 고용되는 처지를 선택하는 것은 자유의 9할을 스스로 방기하는 일이다. 인생 전부를 남의 손에 빼앗기는 것이다. 쥐꼬리만 한 월급과 상여금과 퇴직금을 빌미로 지시에 따르기만 해야 하는 인형 취급을 당하고, 퇴직 후 제2의 인생이라는 거짓으로 점철된 무지갯빛 꿈을 꾸는 동안에 인간으로

서의 존엄은 철저하게 무시된다.

- 마루야마 겐지,『인생 따위 엿이나 먹어라』

직장인은 노예 그 자체인데 많은 젊은이가 어린 시절부터 회사에 취직하는 것에 목표를 두고 사는 현실을 기막혀합니다. 인간 집단에 섞이면 일의 내용은 둘째 치고 음습한 인간관계의 성가심에 시달리고 거기에서 받는 스트레스가 엄청나다고 말합니다. 실제 많은 사람이 일이 힘들기보다는 사람 때문에 직장을 그만두거나 이직합니다.

이 모든 일은 스스로 자유를 내던졌기 때문이라고 일갈하는데 도대체 반박할 수가 없습니다. 다 맞는 말이기 때문입니다.

심히 안타깝게도 이 나라에는 삶의 공식이 단 하나밖에 존재하지 않으며, 젊은이들이 자신의 가능성을 탐색할 시간도 거의 주지 않는다. (…) 많은 젊은이가 정해진 틀에서 벗어나는 것에 불안을 느끼고, 무의식중에 안정을 최고의 목표로 삼게 되었다. 결국 가장 중요한 인생의 초기 단계에 이미 다른 길은 봉쇄되고 만 것이다.

- 마루야마 겐지, 『인생 따위 엿이나 먹어라』

"인생 따위 엿이나 먹어라"는 사실 극도의 반어법인지도 모릅니다. 더 멋지고 신나는 인생을 살 수 있는데 왜 그렇게 사냐는 질책으로 들립니다. 인생은 아름답고 우리도 아름답다는 이야기를 작가는 하고 싶어 하는 것입니다. 이 책을 읽고 나면 더 멋진 삶에의 욕망이 생깁니다.

'끝내주는 인생 대박이다'라고 외치고 싶어집니다. 마루야마 겐지는 정말 멋집니다.

- 인상적인 내용

사람은 태어날 때부터 자유 안에서만 빛나도록 생겨 먹었다는 철칙을, 그 우선권을 가벼이 여겨서는 안 된다. 어떻게 살든 본인 멋대로라는, 자유와 함께하는 삶만이 존재의 기반이라는 사실을 잊어서는 안 된다.

# 노벨상을 수상한 두 과학자의
# 사고법과 인생 이야기
**야마나카 신야, 마스카와 도시히데,『새로운 발상의 비밀』**


    노벨상을 수상한 두 일본 과학자는 수상 당시 각각 특이한 이력으로 우리 언론에서도 주목을 받았습니다. 야마나카 신야는 일본의 19번째 노벨상 수상자로 노벨생리의학상을 수상했습니다. 정형외과 의사로 출발했는데 수술 실력이 형편없어서 놀림을 받던 사람이라는 사실에 대단한 인생 역전의 주인공이 되었습니다.『가능성의 발견』이라는 자전 에세이도 나와 있습니다.

    마스카와 도시히데는 노벨물리학상 수상자로 노벨상 수상이 첫 해외 경험이었다는 사실에 다들 놀라워했습니다. 이 사실은 일본 물리학의 수준을 보여주는 것이어서 화제가 된 것입니다.

책에서도 언급되지만 일본의 실험물리학은 세계 최고 수준이라고 합니다. 두 사람은 각각 1962년, 1940년생으로 22년의 나이 차이가 있습니다. 이 대담을 읽어보면 야마나카 신야 교토대학 교수는 분야적 특성도 있지만 미국에서의 경험이 iPS세포 발견에 큰 역할을 했다는 것을 알 수 있습니다. 한 달에 한 번 미국을 방문할 정도로 미국 과학계와의 교류를 중요시하고 있으며 프레젠테이션 능력이 자신의 최고 무기였다고 말할 정도로 '신세대 과학자'라는 것을 알 수 있습니다.

반면 마스카와 교수는 전형적인 천재형이라고 할 수 있습니다. 사흘 동안 밤낮 안 가리고 한가지 생각에 푹 빠진다든지, 수식을 쓰지 않고 머릿속으로 계산한다든지, 어려운 물리학, 수학, 천문학 문제가 모두 본인에게는 장난감 같은 존재, 평생을 가지고 놀 수 있는 장난감이라고 말합니다.

얼마 전에 아이들 공부 관련 카페에 들어갔더니 교사

출신이라는 한 엄마가 이렇게 써놓았더군요. "국어는 다시 태어나야 잘 할 수 있다"

이 말에 많은 엄마들은 맞는 말이라며 동의하고 있었습니다. 책에서 두 과학자는 이런 대화를 합니다.

"과학의 기본은 국어입니다. 모든 것은 문장 속 단어에서 시작되죠. 문장을 읽고 그 세계가 머릿속에 연상되느냐 아니냐, 연상 능력이 있으면 이해할 수 있어요. 다음은 흡수한 지식을 머릿속에서 그림으로 그려 발전시킬 수 있느냐 없느냐가 관건이죠." (마스카와)

(…)

"저도 국어 실력은 모든 것의 기본이라고 생각합니다." (야마나카)

아이를 훌륭한 과학자로 만들고 싶다면 국어를 잘하게 해야 한다는 생각이 듭니다.

일본은 우리와 비교하면 과학 선진국임에도 두 과학자

는 미국의 더 좋은 환경을 부러워합니다. 과학도 자본, 인적 자원의 논리가 지배할 수밖에 없습니다. 일본도 이공계 기피 현상이 심각하다고 합니다. 우리는 최근에 이공계가 취업은 잘된다지만 과학자들이 클 수 있는 환경을 만드는 일도 중요합니다.

초등학생만 해도 과학자가 되겠다는 어린이들이 무척 많습니다. 이 아이들이 커서 꿈을 이룰 수 있도록 우리가 해 줄 수 있는 일은 무엇일까요? 과학을 일반인들도 많이 접하고 관심을 가지는 일도 그중 하나가 될 것입니다. 우리나라에도 노벨상 후보로 거론되는 훌륭한 과학자들이 많이 있습니다. 우리나라의 노벨상 수상자들의 대담집을 읽을 그날을 기대해 봅니다. 멀지 않은 일일 것입니다.

## 카페는 편안한 공공성을 가지는 공간이다
**사이토 다카시, 『15분이 쓸모 있어지는 카페 전략』**

 

도러시아 브랜디의 『작가 수업』에는 15분 글쓰기가 나옵니다. 하루 중 언제든 15분 동안 글쓰기를 실천하고 이게 안 되면 작가 되는 건 때려치우라고 말합니다.

15분이란 시간은 의외로 길며, 24시간이나 되는 우리의 하루에서 의외로 도려내기가 그리 녹록지는 않습니다. 우린 무얼 하며 살기에 억지로 만들지 않으면 글을 쓰기 위한 15분마저 허락되지 않을 정도로 바쁘게 사는 것일까요?

10년 전, 글로 먹고 싶다는 소망을 이루기 위해 출근길에 조금 일찍 나와 카페로 직행, 15분 글쓰기를 실천했습니다. 『작가 수업』에서 권한 이 글쓰기 방법의 효과는 훌륭합니다. 직접 경험해보지 않으면 그 진가를 알 수 없습니다. 출근 전에 그런 완충지대 같은 시간을 가진다는 것은 단지 글쓰기 솜씨가 늘어난다는 것보다 많은 것을 가져다주었습니다.

당시에 회사를 다니고 있었는데 업무에도 도움이 되었습니다. 15분 글쓰기를 하고 출근하니 머리를 미리 예열하는 효과가 있어서 회사에 가서 일 모드로의 전환이 상당히 편했습니다. 그리고 뭔가 잘 안 풀리고 마음이 불안정하다가도 15분 글쓰기를 위해 카페에 앉아 있으면 마음이 차분해지는 것을 느낄 수 있었습니다.

너무 좋은 방법이라는 생각에 이 '15분 카페에서 글쓰기'를 주변에도 권하면 좋겠다고 생각했습니다. 제 생각과 비슷한 책이 있나 찾다가 『15분이 쓸모 있어지는 카페 전략』을 발견했습니다. 예상대로 제가 생각한 모든 것이 들어있었습니다.

카페에는 다른 사람들의 눈이 있으니 우리 집 소파에서처럼 푹 퍼져 있을 수가 없다. 이 점 때문에 불편할 것 같지만 꼭 그렇지만도 않다. 커피와 음료가 있어서인지 여유롭고 편안하고 자유로운 분위기이다. 그런 '편안한 공공성'은 자신을 통제하는 데 최적의 조건이 된다. 그래서 카페에만 가면 단숨에 업무 모드로 전환되는 것이다.

- 사이토 다카시, 『15분이 쓸모 있어지는 카페 전략』

카페가 주는 그 신비한 힘에 왜 그럴까 하고 의문만 품고 있었는데 저자인 사이토 다카시는 그 답을 가지고 있었습니다. 카페는 '편안한 공공성'을 가지고 있다는 것입니다. 집에서는 새벽에 글을 쓰거나 책을 읽을 때 엄청난 집중은 안 됩니다. 그런데 카페는 다릅니다. 일단 제한 시간, 즉 출근 전 30분, 이런 식으로 마감 개념이 있다 보니 초집중하게 되기도 합니다.

도서관이나 집에서 공부나 일이 잘 안되면 카페로 가면 좋습니다. 물론 카페에 가면 돈이 좀 듭니다. 이 돈은 커피값이 아니라 공간에 대한 비용이라고 생각해야 합니다. 사실 요즘은 거의 안 가지만 예전에 몇 달 동안 카페에서 글을 쓰고 책을 읽어보니 그 돈이 전혀 아깝지 않았습니다.

'공' 과 '사' 의 중간에 있는 영역, 공공장소이긴 하지만 모두들 사적인 이야기도 하는 '반 공공장소' 인 카페에는, 머리를 창조적으로 만들어주는 분위기가 항상 넘친다. 그런 감각이 지금까지 일본인들이 갖지 못했던 창조적 사고를 가능케 하는 것이다.

- 사이토 다카시, 『15분이 쓸모 있어지는 카페 전략』

단지 글을 쓰고 일하며 시간을 보낼 수 있는 곳일 뿐만 아니라 카페에서는 아이디어도 잘 떠오릅니다. 카페에 들어가기 전에는 아무런 생각이 없다가도 앉아서 글을 쓰기 시작하면 단 5분 전에는 상상도 하지 못했던 새로운 아이디어가 떠오른 경험이 많이 있습니다.

정말 카페는 머리를 창조적으로 만들어 주는 분위기라는 것을 가지고 있습니다. 저자는 카페가 내면을 평탄하게 해주는 역할을 한다고 말합니다.

스타벅스 같은 새로운 유형의 카페가 등장하면서 한때 사라질 것만 같던 카페 문화에도 다시 숨통이 트이게 되었다. 예전의 카페는 '젊은이들이 모여 이야기하는 곳' 이었지만, 지금의 카페는 '성인이 공부하는 곳' 이다. 적어도 '카페에서 공부하는 것' 이 전혀 이상하지 않은 시대다.

- 사이토 다카시, 『15분이 쓸모 있어지는 카페 전략』

일본 롯본기힐즈 49층에 '롯본기 라이브러리'라는 회원제 도서관이 있어서 카페처럼 자유로운 분위기에 책까지 방대하게 갖추었다고 합니다. 연간 1백 3십만 원을 내고 회원이 되면 24시간 내내 자유롭게 이용할 수 있다고 합니다.

'인생의 느긋함을 만끽하는 동시에 혼자만의 압축적이고 생산적인 시간도 갖는다.' 카페가 지닌 이 판이한 두 가지 시간은 마치 시계추처럼 항상 좌우로 흔들리며 내 인생의 균형을 잡아주고 있다.

- 사이토 다카시, 『15분이 쓸모 있어지는 카페 전략』

결국 이 책에서 말하는 15분의 의미는 아주 짧은 시간이라도 알차게 사용하자 이고 그 최적의 장소가 바로 카페입니다.

일본에서 번역된 책들의 특징 중 하나가 중언부언이 없고 내용이 깔끔하다는 것입니다. 이 책은 얇지만 내용이 간결하게 잘 정리되어 정말 필요한 정보만 써 놓았다는 느낌입니다. 그래서 읽는 사람이 부담도 덜하고 한 권을 다 읽었다는 만족감도 높습니다.

자, 오늘 출근 전 15분 카페 타임, 적극적으로 추천합니다!

다자이 오사무의 소설이 '문학'이라고 불리는 것은, 이야기가 재미있을 뿐 아니라 다양한 인간 군상을 극명하게 묘사했기 때문이다. 카페나 심야의 패밀리 레스토랑은 마치 다자이 오사무의 소설처럼, 모여든 사람들의 인생과 생활을 훔쳐보게 되는 공간이다.

# 솔직하고 담백한 힐링 에세이

### 요시모토 바나나, 『시모키타자와에 대하여』

소설을 좋아하지 않지만 소설가의 에세이는 좋아합니다. 소설가가 누구입니까! 글 잘 쓰기로는 둘째가라면 서러운 사람들이 아니겠습니까? 소설을 쓸 수 있는 사람은 다른 모든 종류의 글을 쓸 수 있습니다. 정말 부럽고 부러운 사람들입니다.

요시모토 바나나의 팬이거나 그녀의 소설을 감명 깊게 읽었다는 이유로 이 에세이를 집어 든 독자가 많겠지만 저는 조금 다른 이유로 읽게 되었습니다. 제목에 나오는 '시모키타자와(下北沢)'라는 지명을 보고 가슴이 쿵 했다면 조금 과장이려나요.

일본에서 1년간 어학연수를 한 것이 벌써 20여 년 전입니다. 시간이 이렇게 빠르게 간다니 현실인데도 잘 상상되지 않습니다. 이미 겪은 일인데도 가늠이 안 됩니다.

　2000년에서 2001년에 걸쳐 1년간 도쿄 다카다노바바에 있는 일본어 학교에 다니며 어학연수를 했습니다. 가나가와현의 '이쿠타'라는 곳의 여대생 기숙사에서 살았습니다. 쉽게 말하면 서울에서 학교를 다니고 경기도에서 통학을 한 정도입니다. 오다큐선이란 전철 라인으로 30분 정도면 갈 수 있는 비교적 가까운 거리였는데 매일 통학 길에 지나간 역 중의 하나가 시모키타자와였습니다.

　기숙사에서 같이 지낸 친구들과는 주로 신주쿠, 시모키타자와, 신유리가오카 등에서 놀았습니다. 쇼핑도 하고 같이 영화를 보기도 했습니다. 일본인 친구들과 여러 번 놀러 갔던 추억의 장소 시모키타자와. 요시모토 바나나는 이곳에 대해 어떤 이야기를 풀어놓을지 궁금하지 않을 수 없었습니다.

　시모키타자와에서의 가장 최근 기억은 친구들과 라멘

을 먹으러 갔던 기억입니다. 어학연수를 마치고 한국에 다시 돌아가서 취업하고 출장으로 일본에 갔을 때였습니다. 사랑하는 친구들에게 밥을 사 줄 수 있어서 행복했습니다.

사실 기숙사에서 살던 때는 저도 가난한 유학생이고 친구들도 대학생이라 다들 돈이 없었습니다. 그래서 같이 외식한 기억은 없습니다. 대신 기숙사에서 같이 음식도 만들어 먹고 한국에서 가족이나 친구가 라면을 보내오는 날이면 라면 파티를 했습니다. 수십 년이 지나도 기억을 떠올리면 가슴이 따뜻해집니다.

조금 더 오래된 기억 속에서 일본인 친구, 미국인 친구와 쇼핑을 했는데 일본인 친구가 루스 삭스를 사니까 미국인 친구가 그건 발레 할 때 신는 건데 그걸 왜 사냐고 가게가 떠나가라 박장대소를 했던 기억이 납니다. (좀 많이 솔직한 미국인이었습니다)

아쉽게도 사진 한 장 남아있지 않은 저의 시모키타자와에서의 추억과 작가의 에세이가 머릿속에서 혼재되는 느낌. 아주 특별한 경험이었고 책을 읽는 내내 행복했습니다. 과거의 내가 경험한 시모키타자와에서 이런 일이 있었고 혹시 같은 날, 같은 시간에 그녀도 그 거리를 걷고 있었을지 모른다는 상상은 책을 읽는 재미를 두 배로 만들어 주었습니다. 시기상으로는 충분히 가능한 일입니다.

내가 갔던 그 시모키타자와가 이렇게 멋진 곳이었다니… 그때는 몰랐고 지금은 압니다. 그래서 꼭 다시 가볼 것입니다.

잘 나가는 유명한 일본 작가의 에세이지만 즐거운 내용만 있지는 않습니다. 이 책의 특별함 중 하나는 작가가 자신의 어려움, 고민을 솔직하게 보여준다는 데 있습니다. 나이 많은 부모님을 돌보면서 아이도 키우는 극히 평범하고 누구나 겪을 수 있는 일을 담담하게 이야기합니다. 그 담담함이 더 가슴 아프게도 느껴집니다. 단순히 시모키타자와에서 놀았다는 내용이 아니라 시모키타자와라는 특별한 동네에서 보내는 요시모토 바나나의 찐 일상을 보여줍니다.

김민철 작가의『모든 요일의 여행』에는 망원동 이야기
가 나옵니다. 망원동이 유명해지기 전부터 그 동네가 심
상치(?) 않았다는 내용이었습니다. 그곳에 있던 가게 주
인들의 친절함, 말로 표현 못 할 그 뭔가가 있는 분위기를
예전부터 감지하고 있었다고 합니다. 예리한 작가는 이미
어떠한 기운을 느끼고 있었던 것이지요. (그 동네가 뜨리라
는 하늘의 기운을!)

시모키타자와는 일본 젊은이들에게 인기 많은 동네입
니다. 시모키타자와를 홍대에 비유하기도 하는데 분위기
가 비슷한지 최근에 시모키타자와에 가보지 않아서 잘 모
르겠습니다. 두 곳 다 젊은 사람들이 모이고 인기 있다는
점에서 분명 공통점은 있지만 분위기는 사뭇 다르다고 생
각합니다.

한국에서도 유명한 요시모토 바나나는 행복한 삶을 살
았고 살고 있을까요? 책 곳곳에는 작가의 고뇌가 보입니
다. 그동안 힘들었다고 말합니다. 다행히 지금의 그녀는
아주 편안해진 것 같습니다. 그리고 어려울 때나 즐거울

때나 시모키타자와는 그녀 곁에 있어 준 고맙고 특별한 장소였습니다.

작가의 나이는 벌써 59세 정도입니다. 이 책이 출간된 것은 2019년 정도고 그 전에 글을 썼을 것입니다. 그래서인지 아주 편안한 느낌이 드는 에세이입니다. 이 글을 쓸 때쯤, 젊은 날의 화려함은 지나갔지만 그녀에게는 안정이 찾아온 시기지 않았을까요?

학교를 졸업하고 사회에 나온 여성은 회사에서 가장 바쁘거나 승진을 할 즈음 결혼과 육아 등이 겹치게 됩니다. 젊은 여성들이 힘들 수밖에 없는 시기입니다. 요시모토 바나나도 그런 시기를 보냈다고 합니다. 너무 악착같이 살아서 몸도 마음도 아팠던 때의 이야기를 풀어놓습니다.

이런 이야기만으로도 작가와 우리는 동지가 됩니다. 유명 작가도 피할 수 없는 일상의 무거움이라니. 그녀의 아픔이 타인에게 위로가 되는 아이러니. 이 책은 힐링 에세이일지도 모릅니다.

이 에세이가 좋은 이유는 이런 솔직함과 인간적인 면

때문입니다. 아, 이렇게 유명하고 잘나가는 사람도 평범한 사람들처럼 일하면서 나이 든 부모를 모시고 아이를 키우느라 많이 힘들어 했구나 하고 말입니다.

특히 이 책을 읽고 작가 요시모토 바나나가 어떤 사람인지 조금은 더 알게 되었습니다. 그녀는 순수하고 평화를 사랑하는 따뜻한 마음을 가진 사람이었습니다. 그리고 주변 사람들을 사랑할 줄 아는 사람이었습니다.

요시모토 바나나가 사랑받는 작가가 된 이유는 그녀의 글솜씨도 있겠지만 좋은 사람이고 그런 그녀의 따뜻한 마음이 독자들에게 은연중에 잘 전달되었기 때문이라고 생각합니다. 물론 저의 매우 주관적인 생각이지만 말입니다.

유명 연예인이나 작가의 근황을 가끔 듣게 됩니다. 사실 젊을 때부터 아주 잘 나가는 사람은 많지 않습니다. 젊은 시절, 평범하고 지루한 일상을 보낸 저와 비교되게 그들은 화려한 인생의 전성기를 보냈습니다. 어쩌면 지금도 잘 나가고 있습니다. 당시에는 눈부신 그들의 성취만 보였습니다. 부럽다는 생각뿐이었습니다.

하지만 이 에세이를 읽고 생각합니다. 아, 당신도 그 긴 세월, 인생의 희로애락을 고스란히 다 느꼈군요!

• 인상적인 내용

그때보다 재력도 인기도 체력도 없을지 모른다. 하지만 그런 게 문제가 아니라는 것을 나는 처절하게 깨달았다. 재력도 인기도 체력도 있었는데, 나는 언제나 자살 직전의 상태에 있었다. 그걸 깨달은 지금, 남은 시간은 신이 내게 준 시간이다. 그렇게 생각하면, 행복한 나머지 황홀해진다.

# 가장 행복한 일본인은 30대 전업주부
**전영수, 『장수대국의 청년보고서』**

10여 년간 워킹맘이다가 지금은 집에서 일하는 애매한 (?) 워킹맘으로 살고 있습니다. 회사를 그만뒀을 즈음 동네 분들은 저를 보고 이렇게 말하곤 했습니다. "이제 집에 있나 보네?" 그러면 저는 그냥 "네~" 하면서 웃었습니다. 조금 시간이 지나 새로 알게 된 이웃이 제가 집에서 일한다고 했더니 "전업주부인 줄 알았어요!"라고 말합니다. 그렇게 생각해도 이상할 것이 없습니다.

세상이 너무 복잡하기에 어떤 한 가지가 좋다, 나쁘다는 가치판단은 큰 의미가 없습니다. 상황에 따라 다 다르고 변수가 너무 많습니다. 전업주부가 좋다, 워킹맘이 좋다도 한 마디로 잘라 말할 수 있는 성질의 것이 아니지요.

제 주변만 봐도 워킹맘은 전업주부를 부러워하고 전업주부는 워킹맘을 부러워하기도 합니다. 그리고 이 생각마저도 시시각각 변합니다.

"그래도 일하는 것이 낫겠지?"

"어휴, 내가 무슨 일이야. 스트레스받는 건 싫어!"

『장수대국의 청년보고서』에는 가장 행복한 일본인은 30대 전업주부라는 말이 나옵니다. 『하류지향』의 저자 미우라 아츠시는 '전업주부의 꿈은 모든 여성의 바람'이라며 미혼여성의 '신(新)전업주부지향'이란 말까지 내놨다고 합니다.

실제 전업남편 아내가사 모델에 찬성하는 미혼여성이 적잖다. 20대의 35.5%가 예스로 답했다(남녀공동참획백서 2009년). 이는 '30대의 전업주부'가 가장 행복한 일본인상이라는 조사결과와도 일맥상통한다. 25·35세대 전업주부의 3/4이 생활에 만족한다는 것도 이를 뒷받침한다(오사카대 사회경제연구소 2005년).

- 전영수, 『장수대국의 청년보고서』

한국과 일본은 처한 상황도 다르고 일본은 나름의 사회 분위기가 있으며 한국도 독자적인 추세나 사회 분위기가 있습니다. 개인 성향도 무시할 수 없죠.

솔직히 말해 누구나 살면서 스트레스받지 않고 자유로워지고 싶습니다. 하지만 일을 한다면, 특히 직장을 다닌다면 스트레스 없이 살 수 없습니다. 남자들도 때론 집에 그냥 있고 싶을 것입니다. 하지만 세간의 눈이란 것이 무섭지요. 집에 있으면 무조건 백수인 줄 압니다. 재택근무도 있는데 말입니다!

또 어떤 사람은 집에만 있으면 병이 날 것 같다고 말합니다. 그런 사람은 남자든 여자든 나가서 사람도 만나고 일도 해야 합니다. 돈을 떠나서 그렇습니다.

그래도 요즘같이 여성의 사회 진출이 당연시되는 시대에 사회가, 그리고 개인이 전업주부를 선호한다는 이야기는 특이하다 못해 신선하기까지 합니다. 이게 일본만의 이야기인지 자못 궁금해지기도 합니다.

제 주변의 전업주부 중에는 이제 아이가 커서 손이 안 가니 자기 일이 없어서 아쉽다는 사람도 있습니다. 반면에 남편은 이제 아이도 다 컸으니 부인이 나가서 아르바이트라도 좀 했으면 좋겠는데 정작 부인은 "난 밖에서 일하고 싶지 않아. 지금 생활이 너무 좋아!"라고 말하는 경우도 봤습니다. 사실 전업주부도 집에서 노는 게 아닙니다. 집안일은 해도 해도 끝이 없고 아이들이 컸다고 해도 엄마의 부재는 금방 티가 납니다. 다 개인의 선택이고 정답은 없습니다.

주변의 젊은 엄마들이 회사 다니며 아이 키우는 모습을 보며 감탄합니다. "정말 대단하다! 많이 힘들 텐데…."

저도 해봤기에 힘들다는 걸 너무나도 잘 압니다. 그래서 마음속으로나마 열렬히 응원합니다. 대학을 졸업하고 취업을 한 뒤 일을 한순간도 놓지 않은 덕분에 지금도 일하며 사는 것 같습니다. 실제 일을 하지 않은 기간은 육아

휴직 12개월과 무직이었던 6개월 정도뿐이었습니다.

1인 출판사를 하는 지금은 회사 다닐 때보다 시간 여유가 있고 거의 집에 있으니 전업주부 흉내도 내봅니다. 워킹맘과 전업주부 사이를 오가는 지금, 만족도는 100%입니다.

# 20년 후, 일본의 사토리 세대는 어떤 모습일까?

## 후루이치 노리토시, 『절망의 나라의 행복한 젊은이들』

  역설적인 제목이 인상적입니다. 절망의 나라의 젊은이들이 행복하다고? 책에서 저자는 '일본의 젊은이는 행복하다'라고 말하는 이유를 세대 간 격차나 노동 문제를 통해 고찰해 보고 이런 상태의 지속 가능성에 관해서 이야기합니다. 과연 20년 후, 30년 후의 일본은 어떠한 모습일까요? 그때도 일본의 젊은이들은 여전히 행복할까요?

  결론은 '행복하지 못할 가능성이 크다'로 요약됩니다. 또 한 번의 반전입니다. 일본은 절망적인데 젊은이들은 행복하다고 말하지만 이 행복은 유효기간이 그리 길지 않은 행복일지도 모릅니다.

먼저 현재 일본의 복지가 고령자에게 집중되어 있다는 점을 지적합니다. 고령자에게는 유럽 수준의 혜택, 현역 세대에게는 미비한 보장이며 실업 대책, 주택 대책, 저출산 대책 등 모든 정책이 부실하다고 말합니다.

사회보장제도와 관련해서도 실업 및 고용 대책을 등한시하고 아동과 가족을 위한 공적 지출까지 억제하면서 고령자 대상 복지에만 집중하게 된다면 사실 곤란해지는 것은 젊은이가 아니라 오히려 일본 전체라고 말합니다.

저출산 현상이 지속될수록 노동 인구는 감소하게 될 테고 당연히 일본은 노동력 부족 문제로 허덕이게 될 것입니다. 더불어 세수입도 줄어듭니다. 대다수 젊은이가 계속 저임금 노동자에 머물게 된다면 세수입 감소는 자명한 일입니다. 실제로 이미 많은 젊은이가 연금 제도에서 제각기 이탈하기 시작했습니다. 35세 이하의 젊은이 중 약 절반 정도가 국민연금 보험료를 납부하지 않고 있다고 합니다.

젊은 층일수록 같은 세대에 속한 사람들 간의 격차가

적습니다. 20대의 경우에는 정사원이든 프리터이든 급여 격차가 그리 크게 벌어지지 않기 때문입니다. 아직도 연공 서열, 종신 고용을 전제로 하는 급여 체계를 채택하고 있는 일본의 대기업에서는 아무리 열심히 일해도 젊은 사원의 연봉은 규정된 범위를 벗어나지 못합니다. 반면 아르바이트는 일하는 날짜와 시간대만 조정하면 같은 세대의 정사원 이상으로 수입을 올릴 수도 있습니다.

예컨대 선술집에서 아르바이트를 한다고 했을 때 심야 근무까지 열심히 챙긴다면 한 달에 30만 엔에서 40만 엔(한화 300만 원에서 400만 원) 정도의 월수입을 어렵지 않게 올릴 수 있다고 합니다. 종종 아르바이트에서 정사원으로 전환할 수 있는 길을 제도적으로 마련해 놓은 곳도 있으나 정작 젊은이들이 여기에 매력을 느끼지 못하는 경우가 많습니다.

일견 바람직해 보이는 현상이지만 문제가 전혀 없는 것은 아닙니다. 정사원과 아르바이트의 차이, 대기업 사원과 불안정한 근로 환경에 속한 사원의 차이는 그들에게 무슨 일이 발생했을 때 확연하게 드러납니다. 이를테면 병에 걸렸을 때, 결혼이나 육아를 고려할 때, 부모의 간병이 필요할 때 등입니다. 이럴 때 사회보험에 가입되어 있는지, 저축은 충분한지 등에 따라 취할 수 있는 선택지가 달라집니다.

또 젊은이들에게는 아직은 가족이라는 최강의 인프라가 존재합니다. 수입이 아무리 낮아도, 그들의 노동 형태가 아무리 불안정해도 일정 수준 이상의 부유한 부모와 함께 살면 그들은 생활하는 데 있어 별다른 문제를 체감하지 못합니다.

18세부터 34세의 미혼인 젊은이들 가운데 남성의 약 70%, 여성의 약 80%가 부모와 함께 살고 있습니다. 특히 파트타임 아르바이트 등 비정규직 고용 노동자들 사이에서 그 비율이 높게 나타납니다.

하지만 젊은이 빈곤이 정말 심각한 문제로 나타나는 시기는 지금으로부터 10년 후 혹은 20년 후일 것입니다. 젊은이가 더 이상 젊은이가 아니게 되었을 때입니다.

그리고 그들의 부유한 부모도 나이가 들게 됩니다. 이 시점에서 부모 세대도 그리 부유하지 않은 한국의 실정이 떠올랐습니다. 한국은 노인 빈곤율이 40%를 넘습니다.

예전의 젊은이들에게는 빈곤에서 벗어날 기회가 많았습니다. 그러나 최근에는 프리터에서 벗어나는 일이 쉽지 않다고 저자는 진단합니다. 프리터에 대한 사회적 시선이 제법 따뜻해진 데다 굳이 정사원이 되지 않더라도 어느 정도 풍요로운 생활을 영위할 수 있게 되어서입니다.

따라서 그들은 젊을 때 무리해서 정사원이 될 필요성을 느끼지 못하는 것입니다. 물론 모든 젊은이가 대기업의 정사원이 되려고 기를 쓸 필요는 없습니다. 사축(일만 하는 직장인)이라고 불리던 신분에 애써 매달릴 필요는 없습니다. 다만 현재의 사회보장제도에 비춰 볼 때 프리터로 생활하는 젊은이는 나이가 들수록 각종 위험에 노출될 가능성이 커집니다

중국은 높은 관세로 인해 해외 브랜드 상품의 가격이 일본보다 높습니다. 20만 엔을 훌쩍 넘는 버버리 프로섬

코트가 날개 돋친 듯 팔리는 거리에 불과 시급 140엔을 받고 일하는 농민공이 존재합니다. 농민공은 중국 사회의 특이한 신분입니다. 중국은 격차사회보다 더 견고한 신분의 벽이 존재한다고 합니다. 도시 호적과 농민 호적이라는 극복할 수 없는 신분의 벽이 존재합니다. 농촌에서 태어난 사람은 도시에서 마음대로 거주할 수도 없습니다. (2019년에 중국 정부는 호적 합병을 발표해서 현재 추진 중이라고 합니다)

고용주는 농민 호적을 가진 농민공을 고용함으로써 저렴한 임금에다가 사회보장과 관련된 비용까지 고려하지 않아도 됩니다. 그런데 돈을 벌기 위해서 농촌에서 도시로 나온 노동자들을 대상으로 실시한 조사에 따르면 이들의 생활 만족도는 무려 85.6%에 다다른다고 합니다. 이런 농민공과 대비되는 존재가 바로 개미족으로 불리는 중국판 고학력 워킹푸어입니다. 이들 가운데 자신의 생활에 만족하는 사람은 1% 불과하다고 합니다.

중국의 이런 사례를 통해 저자는 안타까운 결론 하나를

도출하게 됩니다. 만약 일본이 격차가 고정된 계급 사회, 또는 신분제 사회로 바뀐다면 혹시 더 많은 사람이 행복해지는 것은 아닐까 하는 결론입니다.

일본의 20대 젊은이들의 생활 만족도가 지속해서 상승하고 있다는 사실은 어쩌면 벌써 일본의 젊은이들이 어느 정도 농민공회되었다는 점을 보여주는 사례라고 봅니다. 이제 젊은이들은 무언가를 쟁취함으로써 자신을 돋보이게 만들 수 있던 시대와 선을 긋고 작은 공동체 안에서 소소한 상호 승인을 누리며 살아가고 있는 것입니다.

일본은 민주주의적 가치를 가볍게 여김으로써 민중을 이해하기는커녕 간단히 무시해 버렸고 그 덕에 국가의 경제 성장을 우선시할 수 있었습니다. 그리고 이제껏 일본은 경제 성장만 하면 어떻게든 된다는 생각으로 계속 달려왔는데 돌연 경제 성장이 멈춰 버린 것입니다. 이런 상황에서 민주주의 전통이 없는 일본은 모두가 망연자실한 상태로 그렇게 우두커니 서 있게 된 것입니다. 한국도 이 점은 마찬가지라는 생각이 듭니다.

이민 노동자의 수용을 지속해서 거부해 온 일본은 여성에다 젊은이까지 이등 시민으로 만들어 버릴 기세입니다. 이미 일본 젊은이의 이등 시민화는 진행되고 있습니다. 꿈 혹은 보람이라는 말로 적당히 얼버무리면 젊은이야말로 저렴하고 해고하기 쉬운 노동력이라는 점은 이미 다 알려진 사실입니다.

이대로 간다면 일본은 느슨한 계급 사회로 탈바꿈하게 될 것이고 일등 시민과 이등 시민의 격차는 점진적으로 확대될 것이라고 저자는 전망합니다. 일부 일등 시민은 국가와 기업의 의사를 결정하는 데 분주할 테지만 다른 수많은 이등 시민은 태평하게 하루하루의 삶을 소일하는 그런 구도가 만들어진다는 것입니다.

하루아침에 당장 일본의 경제가 파탄 난다거나 다른 나라로부터 침략받을 가능성은 없고 아직 시간은 있습니다. 저자는 아직 장래의 일을 생각해 볼 시간 정도는 남아 있다고 말하며 이 책을 마무리합니다. 기묘하고 뒤틀린 행복은 당분간 지속될 것이라는 말과 함께.

이 책의 내용이 중요한 이유는 항상 일본의 사례를 답습해 온 한국이 이번에도 비슷한 고민에 빠지지 않을까라는 우려가 있기 때문입니다. 한국에도 사토리(득도)세대가가 존재하는가라는 물음에 자신 있게 거의 없다고 답할 수 있었으면 합니다.

솔직히 한국의 달관 세대에 쉽게 동의하고 싶지 않습니다. 평생 아르바이트로 한 달에 100만 원 남짓 버는 인생이 단지 행복하다는 애매한 말에 녹아들어 가는 것은 반대입니다. 한 달에 100만 원 벌면서 결혼도 연애도 출산도 포기하는 것이 나은지, 그래도 최선을 다해 자기 능력을 시험해보는 도전을 통해 점점 자신의 가치를 높이고 나이 들면서 점점 더 안정적인 수입을 얻을지는 분명 개인의 선택입니다.

하지만 20대 젊은이가 현실에 안주한다는 것은 아무리 생각해 봐도 안타까운 일입니다. 이 책에서 말하듯 젊은이는 언젠가 젊은이가 아니게 된다는 사실도 명심해야 할 것입니다.

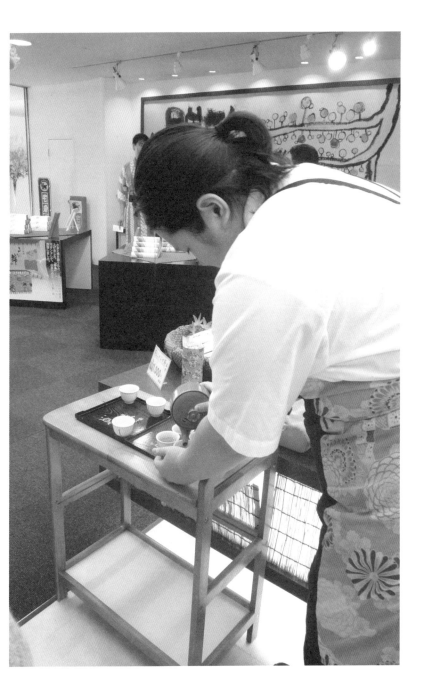

# BOOKS KINOKU

# Rilakkuma™
## BOOK FAIR

# 2장 여행으로 만난 일본 문화 이야기

# 미야자키 백화점 본벨타 다치바나
## - 사가현 미야자키 (2014.08)

여행 가기 전 읽은 신문 기사에 나온 "조영남 씨는 외국에 가면 백화점에 가본다고 한다"라는 말이 꽤 인상적이고 공감이 갔습니다. 한국에서도 어느 도시를 가더라도 백화점 주변은 번화하고 그곳에는 가장 최신의 유행이 있고 먹거리가 있고 볼거리가 있습니다. 얼마 전에 여의도에 새로 생긴 한 백화점은 핫플로 유명합니다. 한국에서도 이 공식은 유효합니다.

미야자키는 제가 좋아하는 일본의 도시입니다. 두 번째 미야자키 여행은 원래 3박 4일 일정이었는데 2박이 연장되었습니다. 갑자기 일정을 연장하다 보니 돈은 조금 들었지만 지금 생각해도 참 잘한 결정입니다. 이 여행 이후로 일본 여행은 기본 5박 6일은 된 것 같습니다. 사실 한 번 가는데 비행깃값이 큰 비중을 차지하니 한 번 가서 오래 머물수록 더 이익(?)인 것 같기도 합니다. (기적의 자기 합리화!)

갑자기 생긴 이틀을 알차게 보내고 싶어 온갖 자료를 동원, 관광지와 가볼 만한 곳을 물색했습니다. 호텔에서 준 관광 안내서와 한국에서 가져온 관광안내서도 보면서 어디에 갈지 궁리했습니다. 이런 순간조차도 행복한 것이 바로 여행이 주는 선물이 아닐까요?

그래, 미야자키에서 가장 번화한 장소에 가보자! 그렇다면 역시 백화점 근처겠지?

미야자키에서의 5일째, 미야자키의 백화점에 가보기로 했습니다. 미야자키역 근처 지도를 보니 역시나 백화점이 두 개나 있습니다. 본벨타 다치바나 백화점과 야마카타야 백화점. 바로 전날 아오시마에 갈 때 탔던 택시 기사님께도 확인해 보았습니다. 기사님 왈

"맞아요, 거기가 미야자키의 중심가가 맞아요!"

각종 관광자료나 관광 가이드 책에 백화점 부근이 안 나온 것이 좀 의문스럽지만 호텔에서 준 관광자료를 보니 쇼핑 명소로 소개되어 있었습니다. 첫 번째 쇼핑 명소로는 역시 '이온몰 미야자키'가 소개되어 있었는데 거의 매일 갔던 곳입니다. 그리고 바로 밑에 '본베르타 다치바나 백화점'이 소개되어 있었습니다. 소개 내용을 그대로 옮겨보면

"미야자키시 중심부에 자리한 백화점. 서관과 동관으로 나뉘며 식품에서 의료, 서적 등 다양한 상품을 취급합니다. 식당가도 함께 자리하고 있습니다."

그래, 바로 여기야! 이곳이 그날 미야자키 여행을 즐겁게 해 줄 최적의 장소라는 확신이 들었습니다. 그 밑에는 또 다른 백화점 소개도 있었습니다. '야마가타야 백화점'이었습니다.

"미야자키시 중심부에 위치한 백화점. 신관과 본관으로 나뉘며 명품 브랜드도 취급하는 고급스러운 취향의 백화

점입니다.”

　이름 때문인지 본베르타 다치바나가 더 끌렸습니다. 어쨌든 두 백화점이 위치하는 장소가 미야자키 중심부라니 망설일 필요가 없었습니다. 택시를 타고 백화점으로 향했습니다. 그렇게 도착해서 둘러본 본베르타 다치바나 백화점은 상상과는 전혀 다른 장소였습니다. 일단 규모가 작아서 조그만 동네 상가 쇼핑몰 같았습니다. 심지어 다이소(100엔숍)도 있었습니다. 백화점과 다이소는 조금 안 어울리는 조합이지만 뭐 큰 상관은 없습니다.

　백화점 안에 서점도 있고 볼거리는 제법 있었지만 “어? 이곳이 미야자키 중심가의 백화점이라고?”라는 생각이 들었습니다. 야마카타야 백화점도 가봤어야 하는데 미처 가보지는 못했습니다. 그곳은 우리가 생각하는 전형적인 럭셔리 백화점의 모습이었을까요? (나중에 검색해보니 확실히 더 고급스러운 백화점이었습니다)

　독특한 백화점 모습에 조금 당황하고 있는데 아이들이 배고프다고 해서 8층 식당가로 향했습니다. 그래, 명색이 백화점인데 식당가는 좀 볼 게 있겠지? 하고 갔는데….

식당이 딱 두 개 있었습니다! 두 개! 일식 식당 하나, 중식 식당 하나. 그래도 우린 일본에 왔으니 일식을 먹기로 합시다. '치토세'라는 이름의 식당은 내부 분위기가 80년대였습니다. 사실 백화점 자체가 제가 초등학생 때 자주 갔던 마산 가야 백화점보다 더 규모가 작으니 백화점 자체가 완전 80년대 분위기라고나 할까요? 메뉴는 우동, 소바 단품도 있어서 대체로 저렴했습니다.

헉, 저것은 도대체 몇 연도의 기린 맥주 포스터란 말인가! 내가 타임머신을 타고 80년대로 돌아간 건 아닐까? 라는 생각이 들었습니다. 바로 옆에 최신 기린 맥주 선전 포스터 보였는데 와, 분위가 완전 다르네! 레트로 감성 줄줄 흐르다 못해 지나치게 넘치는 식당 치토세. 이때가 2014년이었는데 지금도 이런 모습일지 너무 궁금합니다.

그 와중에 이쑤시개 포장이 너무 예뻐서 사진을 찍어보았습니다. 꽃무늬 비닐을 입은 이쑤시개. 흠, 흔하지 않은 스타일입니다. 새초롬하게 담겨 있는 예쁜 포장을 한 이쑤시개에 묘하게 눈이 갑니다.

저는 사시미 정식을 먹었는데 보기에도 좋고 맛도 있었습니다. 차왕무시도 맛있었습니다. 아들은 텐자루 소바 정식을 먹었는데 소바에 유부초밥에 튀김까지 꽤 알찬 구성이었습니다. 제가 먹은 사시미 정식은 1,360엔, 아들이 먹은 텐자루 소바 정식은 1,000엔이었습니다. 아직도 이 가격일지 궁금합니다. 한국도 요즘 외식비가 많이 올라서 이 정도 가격이라면 가성비가 아주 좋은 편입니다.

저희 테이블 오른쪽에는 먼저 들어온 한 가족이 있었는데 아이들 아빠가 계속 담배를 피웠습니다. 이 가게는 금연석과 흡연석이 있어서 식당 내 흡연이 가능했습니다. 솔직히 정말 괴로웠습니다. 일본은 요즘도 이런 가게가 있구나…. 역시 이곳은 타임머신을 타고 온 1980년대임이 틀림없어…. 하긴 제가 다닌 첫 직장에서는 1999년에도 사무실에서 담배를 피웠습니다. 심지어 임산부인 직원이 있는데도 저녁 6시만 지나면 자기 자리에서 담배를 피우던 과장님도 있었습니다.

식사가 나오면 담배 안 피우겠지 했는데 역시나! 다행히 식사만 했습니다. 우리도 빨리 밥을 먹고 나가기로 했습니다. 왜냐하면 분명 식사 후에도 담배를 피울 것이기 때문입니다!

그런데 그 와중에 변수가 생겼습니다. 그때까지 배 안 고프다던 딸아이가 튀김을 시켜달라는 겁니다. 튀김을 단품으로 시켜서 아이는 맛있게 먹었습니다. 그런데 식사가 늦어져서 결국 그 가족이 뿜는 식후 담배 연기를 마셔야만 했습니다. 더군다나 이번에는 엄마까지 가세, 두 사람이 맞담배 작전을 펼쳐서 두 배로 담배 연기 흡입했습니다! 아이가 둘인데 남자아이는 중학생 정도였고 여자아이는 초등학교 저학년 정도였습니다. 그런데도 옆에서 앞에서 담배를 피우는 부모들을 어떻게 이해해야 할지 잘 모르겠다는 생각이 들었습니다. 물론 이건 저의 상식일 뿐, 일본에서는 별로 대단한 일이 아닌 평범한 일인 듯했습니다. 일본은 확실히 흡연에 관대하다는 인상입니다.

마침 택시 타고 백화점 오는 길에도 창문을 꼭 닫은 차에서 어린아이가 조수석에 앉아 있고 엄마는 운전석에 앉아 담배를 피우는 모습을 봤던 터였습니다. 여성의 흡연을 문제 삼는 것은 아니고 아이들 때문에 저건 좀 아니지 싶었습니다. 그리고 가장 중요한 포인트는…. **우리 애들도 댁들 때문에 괜히 밥 먹으면서 담배 연기 먹었잖아!** (들리지는 않았겠지만 마음속으로는 마구 소리쳤습니다) 어쨌든 우여곡절 끝에 본벨타 다치바나 백화점에서 식사도 했습니다. 음식과 담배 연기를 함께 흡입하는 경험은 한국에서는 그리 흔하지 않기에 참 신선한 경험이긴 했습니다.

여행 마지막 날이라 현금을 아끼려고 신용카드를 냈더니 카드를 어느 방향으로 그어야 하는지도 한참 헷갈리시는 점원님. 아마 카드를 사용하는 사람이 거의 없어서가 아닐까 싶었습니다. 일본은 현금을 많이 사용합니다.

미야자키역 본벨타 다치바나 백화점 8층 식당가 〈치토세〉, 어린 아기는 데리고 가지 마세요. 담배 연기에 질식할 우려가 있습니다. 그래도 1980년대 레트로 일본 분위기를 한껏 느끼고 싶으신 분은 한번 방문해 보시길….

お食事処

千とせ

うどん・そば

●肉うどん・そば 八〇〇円

●海老天うどん・そば 六〇〇円

●ごぼう天うどん・そば 五八〇円

●きつねうどん・そば 五五〇円

●たぬきうどん・そば 五三〇円

天ざるそば定食
1,000円 (税込)

刺身膳
1,370円 (税込)

＊千とせ＊

# 와타야벳소 료칸 가시키리 온천 체험
- 사가 현 우레시노 (2013.05)

　우레시노 온천은 약 1,300년의 역사를 가진 곳으로 미인온천(美人溫泉)이라고 불릴 만큼 물이 좋기로 유명합니다. 두 번 방문한 료칸 와타야벳소는 우레시노 최대 규모로 3만 평 부지에 일본 정원과 5개의 숙박동, 131개의 객실을 보유한 대형 료칸 규모였습니다.

　이 와타야벳소가 일본의 유명 건축가인 '구로카와 기쇼'의 설계로 건축되었다는 사실을 다녀온 지 한참 후에야 알게 되었습니다. 애초에 와타야벳소를 선택한 것은 다른 이유가 있었습니다. 규슈 여행 가이드 책을 보니 이렇게 설명이 나와 있었습니다.

와타야벳소(和多屋別莊)

우레시노 최대 규모의 온천 료칸. 무려 3만 평의 부지에 넓은 일본정원과 5개의 숙박동, 131개의 객실을 보유하고 있어 료칸이라기보다는 온천 리조트. 아름다운 정원 속에 있는 3개의 노천탕, 고품격 대욕장 미카게덴, 사치스러운 온천 문화를 즐길 수 있는 신쇼(1일 100명 선착순 입장으로 운영) 등 다양한 온천탕이 있다. 그 밖에 레스토랑, 빵집, 에스테, 마사지룸, 가라오케, 테니스장 등 다양한 부대시설이 있고 족탕 찻집, 족탕 이자카야 등 독특한 형태의 시설도 있어 하루 종일 즐거운 시간을 보낼 수 있다.

-『NEW 100배 즐기기 시리즈 규슈』


책에서 이런 걸 봤으니 한번 가보고 싶지 않았겠습니까? 더군다나 원래 여행사에서 추천한 우레시노의 또 다른 료칸 와라쿠엔과 가격 차이도 없었습니다. 와라쿠엔에는 일본 유명 작가인 무라카미 하루키가 묵었다고 합니다. 대신 와라쿠엔보다 방은 좀 작다고 했는데 뭐 큰 대수

인가 싶어 와타야벳소로 숙소를 정했습니다.

료칸 근처의 히젠 유메카이도라는 유원지에 다녀오고 방에서 조금 쉰 뒤 본격적인 료칸 구경에 나섰습니다. 일본식 정원을 잘 꾸며 놓은 모습이 인상적이었고 워낙 넓어서 대충 둘러보는 데만도 1시간이 넘게 걸렸습니다.

료칸 내에 있는 선물 가게도 규모기 상당해시 긱종 그릇과 기념품도 팔고 가게 안쪽에는 작지만 게임센터도 있었습니다.

료칸은 아기자기한 소품들로 잘 꾸며져 있었는데 도자기 컬렉션이 인상 깊었습니다. 화려함과 선명한 선에 의한 절도가 있는 아름다움! 전부 유명 작가의 작품인 듯했습니다.


사가 현의 이마리, 아리타, 가라쓰 도자기는 일본에서 단연 최고로 인정받는다. 이곳은 그 아름다움과 정교함으로 가히 일본 내에서 타의 추종을 불허하는 도자기의 명산지이다. 도자기의 마을답게 사가 현의 아리타에서는 해마다 4월 말이면

'도자기 축제'가 열린다.

- 홍하상, 『일본 뒷골목 엿보기』

우레시노도 사가 현에 있고 이마리, 아리타와 가깝습니다. 나중에 기회가 된다면 아리타의 도자기 축제에 꼭 가보고 싶습니다.

아이들이 료칸 탐험을 자세히 하고 싶다 해서 프런트에서 료칸 안내도를 받았습니다. 안내도에 나와 있는 것만 해도 와타야벳소에는 무려 다섯 종류의 방이 있었습니다. 일반 가격표에는 안 나와 있는 고가의 방들도 있었는데 무려 하룻밤 숙박비가 한 사람당 5만 엔이 넘었습니다. 료칸이 너무 넓어서 결국 다 못 돌아보고 절반 정도만 돌아봤습니다.

이 여행에서는 특별히 다른 료칸에서는 경험해 보지 못한 가시키리 온천(가족탕, 전세탕)을 체험해보기로 했습니다. 료칸에 와서 체크인할 때 예약했습니다. 일본에서 가시키리 온천을 이용해 본 적이 없어서 무척 궁금했습니다. 어릴 때 가족들과 부곡하와이에서는 갔던 기억이 떠올랐습니다.

사용요금은 어른은 한 사람당 1,500엔, 초등생 아들은 1,000엔, 만 4살 딸은 무료 사용이었고 시간제한은 50분이었습니다. 50분에 4인 가족 비용이 4,000엔이라니 좀 비쌌지만 체험을 위해 과감히 투지했습니다.

5시로 예약하고 5시 5분 전쯤 프런트에 가니 마침 우리처럼 예약한 일본인 노부부와 딸이 있었습니다. 함께 가시키리 온천으로 이동했습니다. 딸은 공용 온천으로 간다며 자리를 뜨고 노부부는 우리 옆방으로 들어갔습니다.

알고 보니 가족탕이 다른 게 아니고 넓은 온천탕이 딸린 고급 객실을 잠시 쓰라고 빌려주는 형태였습니다. 들어가 보니 우리가 묵는 방보다 크고 화려했습니다. 저희 객실이 2인실인데 이 방은 3인실쯤 되는 것 같았습니다. 확실히 와타야벳소의 방들은 크기가 조금 작았습니다. 예전에 갔던 유후인의 료칸은 4인실이었는데 꽤 넓었습니다. 어쨌든 넓은 게 좋긴 합니다.

온천탕이 하트 모양이라 딸아이가 무척 좋아했습니다. 욕탕의 온도도 많이 뜨겁지 않고 아이들이 들어갈 수 있을 만큼 적당히 따뜻했습니다. 온천탕은 가케나가시(온천수를 계속 흘려보내기 때문에 청결한 온천수를 즐길 수 있음) 형태였습니다. 온천탕의 모서리에 상자 같은 것이 있어서 물이 계속 졸졸 흘러나오고 왼쪽으로는 물이 계속 넘치며 흘러나가 물의 청결을 유지하고 있었습니다. 욕실의 정면은 통창으로 되어 있어 밖으로 일본식 정원과 나무가 보여 운치를 더했습니다.

세안제와 샴푸, 린스, 바디 클렌저 등이 다 잘 갖추어져 있었습니다. 각질제거제도 있어서 썼는데 아이들도 재미있다고 한 번씩 다 사용했습니다. 너희들은 각질 제거 안 해도 될 거 같은데….

확실히 피부가 매끈거리고 물이 좋다는 느낌이 들었습니다. 역시 미인탕이로구나! 아이들이 목욕을 다 하고 나왔는데 목 같은 곳에 때가 송골송골 나와서 한번 더 샤워를 시켰습니다. 묵은 때가 나왔나? 다른 곳에서 온천 할 때는 이런 일 없었는데.

가시키리 온천의 불편한 점 중 한 가지는 식구가 많은 경우 한두 사람씩만 샤워기를 사용할 수 있어서 다른 사람들은 욕실 밖에서 기다려야 했습니다. 시간도 너무 촉박했습니다. 50분은 아이 둘 데리고 목욕하고 머리 말리는데 턱없이 모자란 시간이었습니다! 결국 20분 정도 시간이 오버되었지만 추가요금 징수나 뭐 그런 건 없었습니다.

목욕을 마치고 나오니 우리 객실에는 없던 각종 화장품이 즐비했습니다. 이 방은 온천이 딸려있다 보니 화장품까지 제공이 되네! 비싸고 좋아 보이는 화장품을 온몸에 엄청나게 바르고 나왔습니다.

가족탕 체험 성공! 료칸은 힐링입니다!

# 미야자키 다카치호 협곡에 가다
- 미야자키 현 (2017.07)

태평양 바다가 창을 가득 채운 뷰를 포기할 수 있을까요? 규슈 남쪽에 위치한 미야자키 여행을 갈 때마다 같은 숙소에 묵었습니다.

바다에서 솟구쳐 오르는 태양과 함께 하루가 시작되는 미야자키 쉐라톤 워커힐 호텔 객실은 몇 번을 묵어도 질리지 않습니다. 그날도 새벽 5시 15분쯤 저절로 눈이 떠졌습니다. 일출이 막 시작되는 바다, 그 설렘이 지금도 느껴집니다.

호텔은 시가이아 리조트 내에 위치하고 있는데 17만 그루의 울창한 소나무 숲에 둘러싸여 있습니다. 보기만 해도 힐링이 되는 느낌입니다.

다른 호텔과 다른 특색 중 하나는 호텔 안에 온천이 있다는 점입니다. 두 종류의 온천이 있는데 '신게츠'와 '츠쿠요미'가 있습니다. 츠쿠요미는 여러 번 가봤는데 신게츠는 한 번도 안 가봐서 비싸지만 신게츠에 도전해 봤습니다. 요금은 어른, 아이 상관없이 1인당 2,500엔이었습니다. 츠쿠요미는 어른 1,000엔, 아이 500엔의 가격입니다.

츠쿠요미 가는 길에는 휴게실이 있습니다. 아이스크림 자판기와 우유 자판기가 있고 앉아서 쉴 수 있는 의자도 습니다. 우유는 무려 병 우유입니다. 초등학생 때 먹었던 병 우유를 일본에서는 먹어 볼 수 있습니다. 왠지 더 맛있게 느껴집니다.

일정 내내 비도 오지 않고 행운이었습니다. 때는 무더위가 한창인 7월이었지만 기온도 서울보다 평균 3도 정도 낮아서 생각보다 덥지 않았습니다.

조식을 먹고 호텔 2층 액티비티 센터에 가서 여행 상담을 받았습니다. 쇼핑센터만 가던 여행 패턴에서 벗어나서 미야자키의 명소를 둘러보기로 했습니다. 직원분은 자세한 시간표도 알려주고 좋은 장소도 추천해 주셨습니다. 그때 처음 알았는데 미야자키는 습도가 별로 높지 않다고 합니다. 그러고 보니 한국과 같은 온도라도 별로 안 덥다는 느낌은 있었는데 다섯 번째 가서야 그 이유를 알게 되었습니다.

이날 우리가 향한 곳은 다카치호 협곡이었습니다. 아주 오래전 용암이 급속히 냉각되며 형성된 주상절리로 이루어진 협곡으로 17m 높이의 마나이 폭포 옆에서 보트 타기가 유명합니다. 자동차 렌트를 하지 않아 버스를 타고 가기로 했습니다. 1일 무제한 탑승할 수 있는 버스 패스를 1인당 1,000엔에 샀습니다.

호텔에서 다카치호 협곡으로 가는 여정은 길었지만 여행지에서는 버스 타는 일도 즐겁기만 합니다. 가는 길에 만나는 일본 풍경도 재미있습니다. 그곳에 사는 사람들에게는 그냥 일상의 한 조각이지만 흔한 풍경도 여행자의 시선으로 보면 신선하고 즐거움이 가득합니다.

다카치호 협곡으로 가는 버스는 완행이라 오래 걸립니다. 할머니들이 많이 타셨습니다. 타고 내리는 것도, 버스가 움직이는 속도도 느립니다. 할머니들이 여유 있게 타고 내리는 모습이 아주 인상적이었습니다. 한 템포 느리지만 그 여유가 유난히 편안하게 느껴지기만 합니다.

버스에서 내려 다카치호 협곡까지 이동하기 위해 택시를 탔습니다. 기사님은 이곳에 원래 중국 관광객이 많이 왔는데 요즘은 관광객이 많이 줄었다고 걱정하십니다. 지나가면서 보이는 신사에 대해 설명도 해주시고 쉐라톤 호텔에서 묵는다고 하니 그 호텔 최고라고 말합니다. 그 근처에서 가장 맛있는 나가시 소면 집도 알려주시고 다시 시내로 나갈 때 전화하면 바로 택시를 보내 준다고 명함도 주셨습니다. 세심한 배려와 친절에 기분이 더 좋아집니다.

미야자키 여행이 유난히 즐거운 이유 중의 하나는 친절한 택시 기사님들 덕분입니다. 사실 다섯 번이나 미야자키를 방문한 큰 이유 중 하나입니다. 처음 갔던 미야자키 여행에서 만난 택시 기사님의 친절에 깊이 감동 받았습니다.

택시에서 내려서 기사님이 추천해 주신 집으로 직행했습니다. 드디어 먹어보는구나, 나가시 소면! 아기자기한 내부가 인상적인 가게였습니다. 저희 좌석 앞에 중국 관광객 가족이 식사를 하고 있었습니다. 영어로 소통하시더군요.

라무네도 시키고 먹을 준비 완료! 메뉴에 한국어가 다 병기되어 있어 좋았습니다. 일단 워터 슬라이드 소면 국수 3인분을 시켰습니다. 양이 어느 정도인지 감이 안 왔습니다. 시켜보니 아이들 배만 부르고 저는 별로 먹지 못해서 결국 소면 정식을 따로 하나 시켰습니다. 소면을 찍어 먹는 간장이 아주 맛있었습니다.

소면 정식도 원래 대나무 통에 국수를 흘려주는데 귀찮아서 그냥 달라고 해서 먹었습니다. 얼음 동동 띄워서 그릇에 담아 주셔서 한 그릇 다 후루룩~ 국수와 함께 주먹밥 두 개와 샐러드, 두부, 호박 등이 다채롭게 나왔습니다.

맛있게 먹고 계산하는데 주인이신 듯한 여자분이 어느 나라에서 왔냐고 물어보셨습니다. 한국에서 왔다고 하니 너무 반가워하셨습니다. 방학해서 놀러 왔느냐 등 많은 걸 물어보셨습니다. 친절하고 맛있는 나가시 소면 가게였습니다.

맛있고 재미있는 한 끼를 잘 먹고 드디어 하이라이트! 다카치호 협곡에서 보트 타기에 도전했습니다. 가게에서 그리 멀지 않은 거리였습니다. 30분 동안 배를 탈 수 있는 표를 사서 다카치호 협곡 쪽으로 내려갔습니다. 생각보다는 저렴한 가격이었습니다. 이미 보트를 타고 있는 사람들이 많이 있었습니다.

구명조끼를 입고 한 5분쯤 기다리니 저희 순서가 왔습니다. 그런데 이게 직접 노를 저어야 하는 겁니다! 어, 경험이 없는데? 다른 보트는 쑥쑥 잘 나가는데 우리 보트만 제자리에서 빙글빙글~

아들이 코치를 해 주지만 역부족이었습니다. 아, 어떡해! 딸아이의 표정은 심각해지고 결국 보트를 출발 장소로 돌렸습니다. 아들과 자리를 바꾸어 타고 아들이 노를 젓기로 했습니다. 아니 처음 해본다면서 노를 너무 잘 저었습니다. 이게 어떻게 된 일이지? 알고 보니 닌텐도 게임기 '위'로 연습했다나?

깎아지른 듯한 절벽이 장관인 타카치호 협곡. 배를 타고 마나이 폭포 이레에도 가보고 싶었시만 혹시 모를 불상사가 겁나서 못 갔습니다. 나는 수영도 못하는데! 유유자적까지는 아니었지만 즐거운 뱃놀이를 마치고 또 뭐 할 거 없나 두리번거렸습니다. 산책 코스도 있었지만 아이들은 걷기를 싫어해서 일찌감치 포기했습니다.

날도 덥고 비도 조금 내리기 시작했습니다. 마침 바로 근처에 수족관이 있어서 구경했습니다. 수족관 탐험을 마치고 나와서 음료수를 하나 사서 먹었습니다. 숙소로 돌아갈 시간, 택시를 불러서 다시 버스 정류장으로 갔습니다. 돌아가는 길에 다시 시작된 일본 풍경 구경. 재미있는 구경에 시간 가는 줄 모르겠습니다. 아이들은 피곤한지 곯아떨어졌네요.

어쩌면 풍경이 저리도 초록초록 할까요. 가도 가도 산이고 물이었습니다. 자연을 만끽하는 기분.

산 밑의 고즈넉한 일본 집도 보이고 자동차 학원도 보입니다. 일본의 흔한 집 풍경도 왜 그리 재미있는지. 드디어 버스 터미널에 도착, 다시 JR로 갈아탔습니다. 이제 한 시간 조금 더 가면 미야자키 역입니다. 아 멀다 멀어.

전철 안에서 또다시 풍경 구경. 태양열 패널이 보이는데 수십 km에 걸쳐 있어서 장관이었습니다. 쓰지 않는 철로에 태양열 패널을 깔아서 잘 활용하고 있었습니다. 일조량이 많으니 엄청나게 에너지를 모을 수 있겠다는 생각이 들었습니다.

어느덧 가까워진 미야자키역, 그랜드 쉐라톤 호텔도 보입니다. 즐거웠던 다카치호 협곡에서의 하루가 그렇게 지나갔습니다.

seventeen ice

SPECIAL
SELECTION
ベルジャンショコラ
Belgian Chocolate Flavor

new!

SPECIAL
SELECTION
クッキー&クリーム
Cookie & Cream Flavor

new!

チョコミント

ワッフルコーンショコラ

キャラメルリボン
Caramel & Vanilla Flavor

new!

¥200

なつかしい味わい

デーリィ

ーヒー

乳飲料

Dairy Coffee  Dairy

ルクでつなぐ明日の笑顔

デーリィ

デーリィ牛乳

100% 使用

粉無調整

Dairy

# 미야자키 오비성하마을에 가다

**- 미야자키 현 (2017.07)**

전날 다카치 협곡 다녀오느라 힘들어서 이온몰(Aeon Mall)에서 놀기로 했습니다. 이온몰은 일본에서 가장 큰 규모의 쇼핑몰 체인으로 평균 100여 개가 넘는 다양한 브랜드를 취급하고 있으며 멀티플렉스 영화관도 입점해 있습니다.

마스다 무네아키는 『지적자본론』에서 현실 세계가 인터넷보다 우위성을 가지는 요소로 직접성을 언급합니다. 바로 이온몰 같은 거대 쇼핑몰이 대표적인 직접성을 가진 사례입니다. 쇼핑몰은 도시인들에게 오아시스 같은 존재라고 생각합니다.

너무 넓어서 항상 제대로 다 둘러보지도 못했는데 이날은 루피시아도 보입니다. 아, 언제부터 있었지? 당시 대세 일본 여자 코미디언 블루종 치에미도 만났네요. 그녀의 입간판이 우리를 맞이하고 있었습니다. 유명한 유행어는 바로

　"이 세상에 남자가 몇 명이나 있는 줄 알아? 35억, 하고도 오천만 명~" (직접 그녀가 말하는 모습을 보셔야 제대로 느낌이 옵니다)

　사실 스타벅스에서 여유롭게 커피 한잔하고 싶지만 현실은 불가능합니다. 아이들에게 끌려 또 게임센터로 향합니다.

　무인양품에서 쇼핑도 했습니다. 마지막으로 이온몰에 있는 마트에서 저녁에 먹을 음식과 디저트를 샀습니다. 한국에서는 케이크를 잘 안 사 먹는데 일본에서는 꼭 사서 먹게 됩니다. 장어덮밥 498엔! 각종 덮밥이 즐비한데 구경만으로도 즐겁습니다. 이곳이 우리 동네 슈퍼면 얼마나 좋을까 하는 엉뚱한 상상도 해봅니다.

명란젓 주먹밥도 빼놓을 수 없습니다. 한국에도 주먹밥이 있지만 명란젓 주먹밥은 없기에 일본 여행을 가면 꼭 사 먹습니다. 이렇게 하루를 잘 보내고 그다음 날은 다시 관광 모드로 돌아갔습니다. 오비성하마을에 가기로 했습니다.

오비성하마을에는 16세기 말부터 3세기 동안 번성했던 현지 영주의 저택과 성이 있습니다. 성은 온전히 다 존재하지 않고 현재 정문 정도만 복원된 상태라고 합니다.

미야자키 4일 차.

미야자키 쉐라톤 호텔 지하 1층 편의점을 자주 이용했는데 집에 갈 때 다되어서야 할인 카드를 만들었습니다. 그동안은 그런 게 있는 줄도 몰랐습니다. 한 친절한 직원 분이 할인 카드 있냐고 물어보더니 없다고 하니 만들어주셨습니다. 만드는 방법은 엄청 간단했습니다. 그냥 이름 쓰고 전화번호만 쓰면 됩니다. 무려 10% 할인! 진작 알았으면 첫날부터 만들어서 쓰는 건데 말입니다.

오비성하마을은 다카치호보다는 가기 쉬웠습니다. 미

야자키역에 가서 버스를 한 번만 타면 됩니다. 아이들은 또 버스를 타냐며 기절하려고 했지만….

알고 보니 오비성하마을 가는 버스가 미야자키 주요 관광 코스는 다 지나갔습니다. 덕분에 버스로 관광 투어하는 기분이었습니다. 호리키리토케, 아오시마, 우도 신궁 등 메인 스폿을 다 지나갔습니다. 바다를 따라 드라이브하는 기분은 정말 좋았습니다.

도깨비 빨래판 지형으로 유명한 선멧세 니치난도 지나갔습니다. 한 시간 조금 더 걸렸을까, 드디어 오비 마을에 도착했습니다. 도착해서 바로 숙소로 돌아가는 버스 시간을 체크했습니다. 버스가 한 시간에 한대라 시간을 잘 봐둬야 합니다.

그런데 거리에 사람이 전혀 없었습니다. 뭐지? 아무렴 관광지인데 사람들이 좀 있어야 분위기가…. 아이들은 덥다고 벌써 돌아가자고 보챕니다. 놀다 가야지!

일단 지도 파는 곳을 찾아야 합니다. 지도를 사서 가게를 돌아다니며 지도에 있는 쿠폰으로 먹거리나 선물을 교환할 수 있는 시스템입니다.

마을은 정말 예쁘게 잘 가꾸어져 있었습니다. 특이한 집도 많아서 보는 재미가 있었습니다. 가로등 하나도 운치 있어서 해 질 녘에 산책하면 좋겠다는 생각이 들었습니다. 어느 가게 앞에 풍경이 많이 매달려 있어서 파는 줄 알았는데 나중에 물어보니 그냥 장식이라고 하셨습니다. 해가 나지 않고 약간 꾸물한 날씨였지만 땡볕보다는 나았습니다.

아무리 돌아다녀도 거리에 사람이 거의 없었습니다. 18번 가게 주인아주머니의 도움으로 지도를 파는 상가 자료관을 쉽게 찾았습니다. 지도를 들고 점심을 먹으러 나섰습니다.

주말에는 사람들이 좀 많다고 했습니다. 사람이 없으니 묘하게 분위기가 안 났습니다. 너무 사람이 많아서 복잡한 것도 문제지만 너무 없어도 이상하다는 걸 처음 알게 되었습니다. 사실 일본 여행에서 인기 관광지는 어디나 다 사람으로 넘쳐나니까요.

그래도 일본식 집을 보는 재미도 있고 그저 즐거웠습니다. 각양각색의 일본식 집이 있었는데 하나같이 잘 관리되어 있었고 정원도 잘 가꾸어 놓았습니다.

걸어 다니는 사람은 거의 없고 차만 간간이 지나갔습니다. 하긴 날씨도 너무 덥고…. 다들 집에 계시는가 봐요.

더위에 헉헉대며 드디어 식당 '치비텐'에 도착했습니다. 지도 파시는 분이 추천해 주신 가게라 기대하며 들어갔습니다. 그날 장사를 쉬는 집은 도장을 찍어서 지도에 표시를 해줍니다. 지도를 구입하면 쿠폰을 다섯 장 주는데 지도를 보고 마을을 돌아다니면서 마음에 드는 상점에 방문해서 쿠폰으로 물건을 교환하는 방식입니다. 가격은 700엔이었습니다.

지도 보고 돌아다니기는 정말 재미있었습니다. 두 녀석이 가고 싶은 곳을 골라봅니다. 그렇게 어느 가게를 가볼까 하며 기다리다 보니 주문한 식사가 나왔습니다. 냉우동을 시켰는데 간장에 찍어 먹는 우동입니다. 어묵도 나왔는데 아이들이 안 먹어서 제가 다 먹었습니다. 이 집이

어묵으로 유명한데 아이들은 처음 먹어보는 스타일이라 그런지 별로 안 좋아했습니다. 저는 맛있게 잘 먹었습니다. 우동도 탱글탱글 너무 맛났습니다. 원조집이라고 합니다. 가게에서 귀여운 기념품도 팔고 있어서 구경했습니다.

마을은 공을 들여 살 가꾸어 놓았다는 것을 알 수 있었습니다. 골목 하나하나가 다 예뻤습니다. 동네에 유명한 정원사가 있지 않을까 하는 생각이 들 정도였습니다.

어떤 집 대문에는 고양이가 앉아 있었습니다. 한눈에 봐도 세월의 깊이가 느껴지는 오래된 집도 있었습니다.

식사를 마치고 조금 걸어서 다시 큰길로 나왔지만 여전히 사람이 없었습니다. 이제 가게를 돌아보기로 했습니다. 어떤 가게에서 고양이 수건을 쿠폰과 교환하고 고양이 인형도 하나 교환했습니다. 일본 소주 등 주류를 파는 34번 가게에도 들렀습니다. 작은 술 두 병을 쿠폰과 교환했습니다. 같이 여행 못 온 남편을 위한 선물입니다.

아이들이 가고 싶다는 가게가 있어서 다시 뒷골목으로

들어섭니다. 찾아가는 재미가 있습니다. 그 가게는 좀 구석에 있어서 일부러 찾아가지 않으면 있는 줄도 모를 곳입니다. 가방을 파는 가게인데 주인장이 직접 다 만든다고 합니다. 솜씨가 너무 좋으셨어요. 그리고 아주 즐겁게 일하고 계셨습니다.

저는 컵 받침을 만들 수 있는 패턴을 교환했는데 아직도 못 만들고 있습니다. 주인장이 너무 친절하고 좋은 분이셨습니다. 가게 이름은 '후후후'입니다.

물건도 교환하고 쇼핑도 한 후 밖으로 나오니 고양이가 차고를 지키고 있었습니다. 사람보다 고양이를 더 많이 본 듯합니다. 다시 큰길로 나와서 편의점 훼미리마트에 들렀습니다. 아이들은 여행 오면 편의점을 제일 좋아하네요. 시원한 음료수로 한여름의 더위를 식혔습니다.

마을이 크지 않아서 천천히 2시간 정도면 다 둘러보고 식사도 가능합니다. 무엇보다 다들 친절하셨습니다.

12번 가게에 아이들이 가지고 싶어 하는 물건이 있어서 또 갔습니다. 주인어른이 아이들 예쁘다고 부채를 두 개나 그냥 주셨습니다! 지금도 여름이 되면 그 부채를 꺼내 쓰며 친절한 주인 할머니와 즐거웠던 여행을 떠올립니다.

어느덧 돌아갈 버스 시간이 다 되었습니다. 오자마자 집에 가자고 성화더니 가게 구경에 푹 빠졌던 아이들.

숙소로 돌아가는 버스에서 또 바깥 구경 삼매경입니다. 집을 짓고 있는 모습이 보였습니다. 목조 건물 짓는 모습은 한국에서는 흔히 보기 어렵기에 흥미로웠습니다.

오비성하마을 잘 구경하고 갑니다. 명성대로 아기자기 예쁜 마을이었습니다. 가게 주인장들이 모두 친절해서 기억에 오래 남을 즐거운 추억을 많이 가져가게 되었습니다. 다음에 또 만나자 오비성하마을!

# 도쿄 여행 이야기 1

- 도쿄 (2019.10)


3박 4일 일정으로 도쿄 출장을 가게 되었습니다. 실상은 출장을 빙자한 외유입니다. 떠나기 전, 일본에 태풍이 상륙한다는 보도를 얼핏 봤지만 별 걱정은 하지 않았습니다. 그까짓 태풍 때문에 출장을 포기할 순 없지 하며 호기롭게 10월 9일부터 12일까지의 3박 4일 일정으로 도쿄에 갔습니다.

하지만 엄청난 태풍 하기비스 덕분에(?) 어쩔 수 없이 하루 더 있다 오게 되어 13일에 귀국했습니다. 눈물 없이도 들을 수 있는 그 이야기는 뒤에 다시 하고….

태어나서 처음으로 공항에 차 세워놓고 출국도 해 보았

습니다. 이런 건 드라마에서나 봤는데!

아침 7시 40분 출발 비행기였는데 짐 부치고 출국 수속을 하고 나니 6시 30분이었습니다. 면세점 쇼핑도 못 하고 7시 15분까지 비행기 탑승이라 겨우 기내에서 먹을 햄버거만 사서 비행기를 탔습니다. 탑승도 지연되고 이래저래 출발 전에 진을 다 뺐습니다. 생각해 보니 이날이 휴일이었습니다. 다시는 휴일에 비행기를 타지 않으리라 다짐했습니다.

나리타에 도착해서 신주쿠 갔다가 숙소에 들어가면 하루가 다 갈 것 같았습니다. 어떻게 온 도쿄인데! 하루도 허투루 보낼 수 없습니다. 머리가 복잡해집니다. 일단 나리타 익스프레스를 타기로 하고 승강장에 도착했습니다. 자판기에서 캔 커피 한 잔을 삽니다. 아 이런 거 넘 좋아! 커피를 마시는 순간 아, '내가 진짜 도쿄에 왔구나'하고 느낍니다.

전철을 타고 신주쿠로 향하는 길, 점심으로 규동을 먹고 싶다는 딸아이를 위해 마침 가지고 간 책『진짜 도쿄 맛집을 알려줄게요』를 뒤적였습니다. 일본인이 추천하는 맛집이라 신뢰도 상승! 신주쿠에 괜찮은 규동집 타츠야가 있다고 해서 그곳으로 낙점!

가게 위치는 JR 신주쿠역 동남 출구 도보 3분. 책에 나온 주소를 보고 구글맵을 켜고 찾아갔습니다. 조금 헤매긴 했지만 드디어 도착한 규동 가게. 규동과 날달걀을 시켰습니다. 두부가 들어 있는 특이한 규동이었는데 정말 맛있었습니다. 특히 녹차를 서비스로 주는데 너무 부드럽고 맛있었어요!

규동 360엔. 가성비 좋은 규동! 저렴하지만 맛있는 규동은 일본 현지에서 먹어야 제대로 된 맛을 느낄 수 있는 음식 중 하나입니다. 카츠동은 460엔. 다시 가게 되면 카츠동도 먹어보고 싶습니다. 토리동은 410엔.

1969년부터 영업을 한 타츠야는 원래 체인점이었는데 지금은 신주쿠 점 하나만 남았다고 합니다. 만족스러운 도쿄에서의 첫 식사를 마치고 상당히 신경 써서 고른 숙소를 향해 다시 발걸음을 재촉했습니다.

딸이 너무 힘들어해서 신주쿠에서 규동만 먹고 택시를 타고 와세다 대학 바로 옆에 위치한 리가 로열 호텔 도쿄로 향했습니다. 택시는 안 타려 했는데 저질 체력 아이 앞에서는 무력해지더군요.

리가 로열 호텔을 숙소로 정한 이유는 비슷한 가격의 다른 호텔보다 뷰가 좋아서입니다. 중심가와는 떨어져 있어서 교통은 조금 불편하지만 제대로 힐링하려면 숙소가 주는 즐거움도 있어야 한다고 생각했습니다.

숙박료가 비슷하고 위치가 좋은 다른 호텔들은 창문 밖의 뷰가 좋지 않고 객실 크기가 너무 작았습니다. 그리고 제가 예전에 어학연수를 한 학교가 있는 다카다노바바 근처인 점도 한몫했습니다. 너무 번화한 장소보다는 조용한 주택가에 자리 잡은 호텔에 묵고 싶기도 했습니다.

체크인하고 방에 들어갔는데 창밖으로는 일본식 정원이 보이고 침실과 거실이 분리되어 있을 정도로 넓어서 무척 마음에 들었습니다. 방에 샹들리에도 있었습니다. 침실에는 침대가 두 개였고 세면대가 두 개일 정도로 욕실도 아주 넓었습니다. 책상도 있어서 이런 곳에서 글을 쓰면 잘 써질 것 같다는 생각도 했습니다.

거실에 테이블이 있어서 밥 먹을 때 정말 편하고 좋았습니다. 옷장 안에 의류 탈취제도 구비되어 있었습니다.

10월이었지만 햇살이 따가웠습니다. 체크인하고 객실에 들어간 시간이 오후 3시 정도였는데 좀 덥다고 느낄 정도의 날씨였습니다. 그런데도 많은 사람이 정원에서 일광욕(?)을 즐기고 있어서 참 신기하다는 생각이 들었습니다. 안 더워요?

창밖으로 보이는 일본식 정원은 오쿠마 정원이었습니다. 같은 날 오후에 호텔 주변을 산책하며 정원 입구를 찾아봤는데 안보였습니다. 나중에 호텔에서 사흘을 보내고야 그 이유를 알게 되었습니다.

호텔에서 체크인할 때 앉아서 할 수 있었던 점도 좋았습니다. 당연히 너무 친절했고요. 호텔 로비에는 편하게 앉아서 쉴 공간이 많았습니다. 다카나노바바 역에서 리가로열 호텔까지 셔틀도 운행했는데 한 시간에 두 대 정도였습니다.

호텔까지의 이동이 너무 힘들었는지 근처 산책도 거부하는 딸을 방에 두고 혼자 리가 로열 호텔 주변을 산책했습니다.

번화하지 않고 소박한 동네라 더 즐거운 산책이었습니다. 아주 평범한 뒷골목도 여행자에게는 설렘을 줄 수 있습니다. 여행을 떠나지 않으면 느낄 수 없는 가슴 벅찬 이느낌! 뒷골목을 걸으며 새어 나오는 미소를 참을 수 없었습니다. 정말 이곳에 오길 잘했어! 내친김에 다카다노바바 역까지 걸어가 보기로 했습니다.

도보로 20분 정도 걸리는 거리, 옛 추억을 더듬으며 다카다노바바역 쪽으로 걸었습니다. 가게들은 다 바뀐 것인지 제 기억에서 사라진 것인지 낯설기만 했습니다. 일본어 학교 앞 스타벅스는 20년 전 그대로 그 자리에 남아있었습니다.

발이 조금 아팠지만 다카다노바바역까지 잘 다녀오고 저녁에 약속이 있어서 다시 아이와 함께 외출했습니다.

호텔 근처 전철역으로 걸어가다가 동네 목욕탕을 봤습니다. 사실 일본에 1년간 살고 2년간 출장을 다니면서도 동네 목욕탕에는 가본 적이 없어서 호기심이 일었습니다. 시간이 되면 가보려 했는데 결국 못 가게 되어서 아쉬웠습니다.

아카사카역 근처 쇼핑몰 식당가에서 도쿄에 살고 계신 작가님들과 만나서 즐거운 시간을 보냈습니다. 집에 오는 길에 편의점에서 호로요이를 하나 사서 마시고 잤습니다. 한국에서는 술을 전혀 안 마시는데 일본 여행을 가면 꼭 한 잔씩 하게 되네요. ^^

다음 날 아침, 날씨가 좋았습니다. 창 너머 건물 사이로 해 뜨는 모습도 볼 수 있었습니다. 이때만 해도 태풍 걱정 따위는 없었습니다. 호텔 방에서 드립커피로 하루를 시작했습니다. 그날은 일본에 사는 친구 선미와 하라주쿠에 놀러 가기로 했습니다.

다이칸야마 역에 내려 선미를 기다리며 근처 편의점에 잠시 들어갔는데 술 종류가 어찌나 많은지! 특이한 일본 편의점 풍경이었습니다. 선미를 만나 다시 택시를 타고 하라주쿠로 이동했습니다.

고풍스러운 분위기의 하라주쿠 역 모습을 정말 20년 만에 마주했습니다. 친구 덕분에 하라주쿠의 핫한 가게들을 방문할 수 있었습니다.

선미가 주말에 아들과 갔지만 사람이 너무 많아서 한 번도 못 들어가 봤다는 토티 캔디 팩토리에도 평일이라 한산해서 들어가 볼 수 있었습니다. 주말에는 반나절은 줄을 서야 들어갈 수 있다고 합니다.

도대체 뭘 팔길래?

우리가 간 날은 목요일이었는데 사람이 거의 없었습니다. 신난다! 일본에 사는 선미도 처음 들어가 본다는 토티 캔디 팩토리를 신나게 구경하고 솜사탕도 사 먹었습니다.

귀여운 모양의 사탕도 많았지만 조연에 불과했습니다. 그 가게의 주연은 바로바로 솜사탕이었습니다. 우리가 아는 평범한 솜사탕과 달랐습니다. 색색의 설탕을 넣어 만든 솜사탕은 엄청난 크기와 비주얼을 자랑했습니다.

딸이 이 솜사탕을 들고 하라주쿠 거리에 섰는데 지나가던 관광객들의 사진 세례를 받았습니다. 제가 포토 타임을 가지라고 딸에게 포즈를 유도하며 관광객을 배려(?)했습니다. 저도 관광객인데 말입니다. (도대체 거기서 뭐 하세요) 엄청난 크기의 솜사탕은 아무리 같이 먹어도 줄어들지 않았습니다.

토티 캔디 팩토리 근처에 한국 화장품 에뛰드 매장이 있었습니다. 일본 여학생과 젊은 여성 사이에서 에뛰드가 유행이라고 선미가 말해주었습니다. 왠지 밀려오는 뿌듯함.

점심은 다케시타 도오리에 있는 하나마루 우동에서 먹었습니다. 저희 세나북스 책『걸스 인 도쿄』에도 하나마루 우동을 너무 좋아해서 자주 간다는 한 작가님의 글이 있습니다. 저도 말로만 들어 본 하나마루 우동을 드디어 먹어봤습니다. 딸은 계란을 추가해서 가장 기본 우동인 키츠네 우동을 먹고 선미와 저는 츠케우동을 먹었습니다. 선미는 명란젓을 저는 달걀 반숙을 추가해서 주문했습니다. 가게에는 외국인이 정말 많았습니다. 역시 하라주쿠는 외국인들에게 인기입니다.

그다음 방문한 곳은 가루비 플러스(Calbee+)였습니다. 이 매장은 과자 회사 가루비의 플래그십 스토어입니다. 가루비의 각종 과자와 캐릭터 상품도 팔고 가루비의 유명한 과자 쟈가리코, 쟈가비 등의 감자튀김을 직접 튀겨서 팔고 있습니다. 사람이 많아서 인기 장소라는 걸 알 수 있었습니다. 매장에서 직접 튀긴 감자튀김은 정말 별미였습니다. 선물도 조금 샀습니다.

예쁜 소품이 가득한 가게 한 곳을 마지막으로 방문했습니다. 머리에 바르는 헤어 에센스를 샀는데 캡슐형이라 하나씩 뜯어서 쓰는 특이한 제품이었습니다.

롯데리아에서 들러 잠시 휴식을 취했습니다. 일본에서만 먹을 수 있는 멜론 소다를 시켜서 마셔봤습니다. 벽에는 아르바이트를 구한다는 안내가 붙어있었는데 시급이 1,200엔이었습니다. 선미 말로는 굉장히 높은 편이라고 합니다. 일본에서 번화한 장소라 그런 걸까요? 하긴 제가 20년 전에 일본에 있었을 때 아르바이트 시급이 보통 800~900엔 정도였습니다.

하라주쿠에서 유명한 크레페도 먹고 싶었는데 배가 불러서 다음에 먹어보기로 했습니다. 머리에 예쁜 리본을 맨 귀여운 일본 여중생이 뭔가를 사고 있는 모습이 보입니다. 아 맞아, 여기 하라주쿠였지! 정말 하라주쿠다운 풍경이라는 생각이 들었습니다.

선미 덕분에 하라주쿠의 핫플레이스 구경도 하고 즐거운 하루를 보냈습니다. 선미야 고마워. 역시 친구 찬스가 최고구나! 알찬 하라주쿠 탐험을 끝내고 다시 호텔로 돌아오는 발걸음이 가볍습니다.

# 丼メニュー

| | | |
|---|---|---|
| 牛どん | | 360 |
| とりどん | | 410 |
| かつどん | | 460 |
| 玉子どん | | 410 |
| 親子どん | | 360 |
| かつ牛どん | | 560 |

| | |
|---|---|
| 大盛り | 100増 |
| 特盛り | 200増 |

## 定食 （みそ汁・お新香付） 100増

サイドメニュー・トッピングは裏面をご覧下さい。

SEIBU 高田馬場駅
Takadanobaba Station 다카다노바바역

VISION MALL
ラグビートリビア

STARBUCKS COFFEE

# 도쿄 여행 이야기 2

- 도쿄 (2019.10)

하라주쿠에서 숙소로 돌아가는 길, 다카다노바바역으로 가서 리가 로열 호텔로 가는 셔틀을 타려고 했지만 1시간에 두 대라 포기하고 택시를 탔습니다. 또 택시다….

딸은 힘들다고 해서 호텔에 두고 다시 혼자 다카다노바바 산책에 나섰습니다. 제가 다녔던 신주쿠 일본어 학교는 예전과 그다지 달라지지 않은 모습이었습니다.

다시 호텔로 돌아가는 길, 센베 가게가 눈에 띄었습니다. 예전에 도쿄에서 어학연수 했을 때는 본 기억이 없습니다. 항상 다니던 길이었는데…. 그때는 주변을 둘러볼 마음의 여유가 없었나 봅니다.

구경하다가 너무 맛있게 생겨서 결국 센베를 몇 개 샀습니다. 닝교야끼도 팔고 있었습니다. 사장님께 여기서 언제부터 영업하셨냐고 여쭈어보니 도쿄 올림픽 때부터라고 하십니다.

엥? 도쿄 올림픽이여? 나중에 알아보니 도쿄 올림픽이 열린 것이 1961년! 아주 오래전부터 있던 가게였습니다.

호텔로 돌아와 센베를 먹어보니 정말 맛있었습니다. 다음에 도쿄에 가면 꼭 다시 들러야 하는 가게가 생겼습니다. 무려 60년 전통의 센베 가게!

딸이 귤이 먹고 싶다고 한 말이 생각나서 전날 산책에서 봐두었던 슈퍼에도 들렀습니다. 산토쿠라는 이름의 슈퍼인데 제법 규모가 있었습니다. 일본에서의 슈퍼 구경은 정말 재미있습니다. 저녁으로 먹을 초밥과 디저트도 샀습니다.

호텔에서 쉬며 TV를 보는데 일본에서 노벨상 수상자가 나왔다는 뉴스가 나옵니다. 노벨 화학상이라고 합니다. 한국도 곧 나오겠죠?

선미가 준 막내 선물을 풀어봤습니다. 귀여운 양말과 인형입니다. 고마워 선미야! 작가님들이 주신 선물도 풀어봅니다. 아, 이번 도쿄 여행은 정말 최고다! 도쿄에서의 즐거운 2일 차가 그렇게 지나갔습니다.

다음 날 아침 식사는 리가 로열 호텔 근처 모스버거에서 했습니다. 원래 여행을 가면 호텔 조식을 즐겨 이용하는데 이번 여행에서는 호텔 조식은 안 먹고 모스버거나 편의점 도시락을 이용했습니다.

모스버거 점원분이 한국말을 잘해서 엄청나게 놀랐습니다. 50대 후반 정도의 여자분인데 여쭈어보니 한국 드라마를 보고 키운 한국어 실력이었습니다. 한국에 관심이 많다고 하셨습니다. 한국어로 수다를 좀 떨었습니다. 친절하게 대해주셔서 기분이 좋았습니다.

리가 로열 호텔에서 창밖으로 보이는 오쿠마 정원은 알고 보니 입구가 호텔 1층과 연결되어 있었습니다. 그래서 바깥에서 오쿠마 정원의 입구를 아무리 찾아도 안 보였던 겁니다. 아침 식사 후 드디어 정원 산책에 나섰습니다.

작은 연못도 있고 아기자기하게 잘 가꾸어진 정원이었습니다. 사람도 없어서 아침 산책에 최고였습니다. 와세다 대학과도 연결되어 있어서 학생들의 휴식처로도 잘 이용하고 있었습니다. 일반인도 입장이 가능합니다.

정원에는 낡은 집도 한 채 있었습니다. 그 집의 정체를 한국에 돌아와서 『일본적 마음』을 읽고서야 알게 되었습니다. 처음 봤을 때는 솔직히 창고인가? 이렇게 생각했습니다. 하지만 그곳은 아는 사람만 안다는 명소였습니다!

간지소라는 이 집은 이 정원에서 중요한 역할을 한다. 이곳은 가장 중요한 국빈이 올 때 문을 열어, 손님을 맞이하는, 오랜 다다미방을 갖춘 집이다. 미 대통령 클린턴이 와세다대학을 방문했을 때도 로얄 리갈 호텔이 아닌 이 허술한 집 다다미방에서 식사했다고 한다.

- 김응교, 『일본적 마음』

바로 그 유명한 와비사비의 미학을 느낄 수 있는 장소

라고 합니다. 운 좋게 일본식 정원을 만났고 그 정원에서 다다미방을 갖춘 와비사비 정신의 정수인 장소를 만났지만 미처 알아보지 못했습니다. 지금이라도 알았으니 다음에 가게 된다면 다시 한번 그 정취를 진하게 느껴보고 싶습니다. 물론 그곳에 간다고 해도 안에 들어가서 다실을 볼 수는 없습니다. 그래도 어떤 장소인지 알고 가보는 것과 그렇지 않은 것은 많이 다릅니다.

마침 지난 2월에 국립중앙박물관에서 센노리큐의 다실 '다이안'을 재현한 전시를 볼 수 있었습니다. 다실의 창밖으로 보이는 풍경까지 다 만들어 놓았는데 감탄이 저절로 나왔습니다. 간지소 내부도 이 다이안과 많이 다르지 않을 것 같다는 생각에 보는 내내 가슴이 두근거렸습니다.

센노리큐가 만든 다실은 40여 개인데 남은 것은 다이안 하나입니다. 1582년 61살에 다이안을 만들었고 리큐가 생각한 이상적인 다실을 가장 잘 나타낸 유산이라고 합니다. 현재 일본의 국보로 지정되어 있고 일본 교토시 덴노잔 기슭의 묘키안이라는 사찰에 있습니다.

다이안을 소개한 NHK 영상을 보니 간지소처럼 겉모습은 평범하고 소박하기 그지없습니다. 다이안은 기존 다실과는 다르게 리큐가 독특한 구조로 창안한 다실이었습니다. 당시 다실 넓이는 4조 반(약 8.2㎡)이 보통이었는데 다이안은 겨우 2조(약 3.64㎡)입니다. 천장의 높이도 180㎝로 키가 큰 사람은 똑바로 서기 어려울 정도입니다. 좋은 전시 덕분에 일본 다실을 눈으로 볼 수 있었습니다.

다시 도쿄 여행으로 돌아가서 이날의 주요 일정은 긴자 나들이. 도쿄 최대의 번화가 긴자는 매력 넘치는 장소입니다. 처음에 여행을 계획할 때 긴자에 숙소를 정할까 고민하기도 했습니다. 긴자는 숙소 가성비도 좋습니다.

제일 먼저 방문한 곳은 긴자 소니 파크 정원입니다. 이런 비싼 땅에 정원이라니 발상의 전환이고 화제가 될 만합니다. 소니 빌딩을 곧 다시 세우는데 비어있는 동안 시민들의 휴식처로 활용하고 있다고 합니다. 정원의 특이한 나무들도 구경했는데 다 판매하는 나무라고 합니다.

긴자는 조금만 뒷골목에 가도 옛 거리의 정취가 느껴짐

니다. 긴자에 가고 싶었던 이유 중 하나는 『도쿄 X 라이프 스타일』 책에 나오는 '더 콘비니'에 가보고 싶어서였습니다. 이 책은 도쿄의 핫한 장소를 많이 소개하고 있습니다. 더 콘비니는 스트리트 패션 편의점이라고 소개되어 있습니다.

직접 가보니 특이하긴 했는데 매장이 너무 작아서 살짝 실망이었습니다. 가게 내 냉장고(?)에는 먹거리가 아닌 패션 의류와 소품이 진열되어 있습니다. 마치 편의점 상품처럼 말입니다. 삼각김밥 포장 안에 티셔츠가 있고 페트병 안에도 티셔츠가 있었습니다. 특이한 선물을 하고 싶을 때 이용하면 좋겠다는 생각이 들었습니다.

사진도 많이 찍고 싶었지만 매장이 너무 작아서 점원이 바로 뒤에 서서 보고 있으니 사진도 못 찍겠더군요. 여러모로 명성에 비해 조금 아쉬운 장소였습니다.

더 콘비니는 소니 파크 지하에 있었는데 평일이라 그런지 사람도 없고 조금 썰렁한 분위기였습니다. 에코백이 너무 예쁘다며 딸이 사달라고 했는데 너무 비싸서 사주지 못했습니다. 몇만 원짜리 에코백은 선뜻 사기 힘듭니다.

바로 옆에 있는 가게 미모사 긴자에서 딸이 먹고 싶어 하던 버블티를 팔아서 하나 사 주었습니다. 당시 일본은 버블티 열풍이 불고 있었는데 공차도 인기였습니다. 일본 현지에서 직장을 다니는 작가님 말에 의하면 일본에서 가장 핫한 먹거리가 버블티와 한국식 모차렐라가 든 핫도그 라고 하더군요. 긴자 소니 파크 지하는 기대를 많이 했는데 썩 볼거리가 많지는 않았습니다.

갑자기 비가 내리기 시작했습니다. 비 오는 긴자는 운치 있고 좋았습니다. 여행자에게 뭔들 즐겁지 않을까요. 더군다나 긴자인데 말입니다.

거리의 디스플레이도 보며 긴자 탐험은 계속되었습니다. 눈알(?)을 모티브로 한 특이한 매장 디스플레이도 구경하며 그다음 목적지 긴자 식스로 향했습니다.

8월 도쿄 출장 때 가고 두 번째 방문이었습니다. 긴자 식스 입구에 드디어 도착했습니다. 건물 입구에 GSIX라고 크게 쓰여 있었습니다.

긴자 식스 안에 있는 츠타야로 향했습니다. 긴자 식스 츠타야의 테마는 예술 쪽이라 정말 볼거리가 많습니다. 책과 함께 도심 속 여유를 느낄 수 있는 장소였습니다.

서점은 책을 파는 곳이라기보다는 내가 주인공이 될 수 있는 장소라고 생각합니다. 지적 허영심도 충족시켜주고 서가를 거닐며 이런저런 생각도 하고 눈에 들어오는 책, 물건, 그곳을 즐기고 있는 사람들의 모습도 조용히 볼 수 있습니다. 차분한 분위기에서 많은 정보를 얻고 생각을 깊게 할 수 있는 곳. 이런 장소가 또 있을까요?

특이한 책도 있었는데『360°BOOK & 葛飾漫画』라는 책이었습니다. 가쓰시카 호쿠사이는 일본 에도시대의 목판화가로 우키요에의 대표적인 작가입니다. <후카쿠 36경: 가나가와의 거대한 파도>는 대표적인 작품으로 유명합니다. 그런데 호쿠사이가 만화를 그렸다는 사실을 아십니까? 호쿠사이는 일본 만화의 시조로 불리고 있습니다. 현대 만화의 원형이 된 부분도 많다고 합니다.

『일본적 마음』에 호쿠사이에 대한 내용이 나오는데 예

를 들어 뛰어가거나 화가 났을 때 표현하는 '=3=3'과 같은 효과선을 호쿠사이가 만들었다고 합니다. 또한 그가 스케치한 얼굴이나 노는 장면을 보면 현대 만화와 거의 다르지 않다고 합니다.

긴자 식스 츠타야는 문화, 예술 분야의 책을 위주로 큐레이션 한 서점이지만 요즘 인기 있는 분야의 책도 잘 갖추어져 있어서 돌아보는 재미가 있었습니다. 딱 제 취향의 서점이었습니다. 예쁜 소품들도 같이 진열되어 있어 볼거리가 많았습니다. 곳곳에 앉아서 책을 읽을 수 있는 의자 등의 휴식 공간도 있었습니다.

길게 배열된 서가는 왠지 모를 따뜻한 느낌과 편안함을 줍니다. 긴자 식스 츠타야의 공간 구성은 아주 치밀하다는 생각이 들었습니다. 잠시도 지루할 틈을 주지 않았습니다.

다음 우리가 향한 긴자의 명소는 이토야였습니다. 클립 모양 간판은 언제봐도 특이합니다. 몇 가지 소품을 사서 나왔습니다. 갑자기 비가 더 많이 와서 택시를 타고 다카다노바바로 이동했습니다.

첫날부터 점찍어 놓았던 스테이크 더 퍼스트에 점심을 먹으러 갔습니다. 다카다노바바역에서 와세다 대학 쪽으로 가는 길 중간쯤에 있었습니다. 딸은 텐더로인 스테이크, 저는 써로인 스테이크를 시켰습니다. 아주 작은 불판에 고기를 구워 먹는 스타일인데 특이하고 재미있었습니다. 스테이크 세트 메뉴에 같이 딸려 나온 미네스트로네 수프도 너무 맛있었습니다.

즐거웠던 여행은 이날 저녁부터 검은 먹구름이 끼기 시작했습니다. 앞서도 언급했지만 원래 12일에 귀국이었는데 초대형 태풍이 와서 비행기가 취소되어 13일로 귀국을 미루었습니다. 그나마 날씨가 안 좋으면 13일 귀국도 불투명한 상황이었습니다. 비행기표 바꾸느라 추가 비용도 들고 호텔도 하루 더 연장했습니다.

호텔로 돌아가는 길에 슈퍼에 가보니 빵 종류는 이미 다 팔리고 없었습니다. 태풍 때문에 사람들이 사재기를 시작한 겁니다. 저도 마음이 불안해져서 도시락과 먹거리를 많이 샀습니다. 숙소로 돌아와 커피 한잔을 하며 씁쓸한 마음을 달랬습니다. 자연재해가 이렇게 무서운 거구나 절감하면서.

슈퍼에서 먹거리를 샀지만 모자라 보여서 잠시 후에 호텔 근처 편의점에 갔습니다. 역시나 상품 진열대의 음식들이 거의 비어있었습니다. 이것저것 먹거리를 또 샀습니다. 먹을 게 없으면 큰일이니 사재기를 하지 않을 수가 없었습니다. 사실 바다 건너 집으로 돌아가야 하는 상황이 아니었다면 좀 나았을지도 모릅니다. 그곳에 있는 자체가 돈이 많이 드니 더 마음이 불안했습니다.

순식간에 여행의 즐거움은 사라지고 두려움과 걱정으로 골치가 아파져 왔습니다. 역대급 태풍이 온다니 더 걱정이었습니다. TV에서는 재난 대비 방송만 계속 나오고 있었습니다. 아 평온한 일상은 얼마나 소중한 것인지! 가슴 깊이 깨달은 좋은 계기였습니다.

다음날 낮에는 비는 좀 내렸지만 태풍의 영향이 크지는 않았습니다. 그래도 어디 놀러 갈 기분도 아니고 어딘가

갈 수도 없었습니다. 백화점도 대부분 휴점이었다고 합니다. 호텔 방에 틀어박혀서 일본 방송만 실컷 봤습니다.

저녁쯤 안 그래도 재난 방송을 보며 내일 비행기 안 뜨면 어떡하나 걱정하고 있는데 호텔이 옆으로 한 번 꿀렁 움직였습니다. 헉, 태풍 때문에 건물이 흔들리나? 망했어! 어쩌지? 알고 보니 지진이었습니다. 아! 태풍에 지진 콤보로 완전 멘탈 털렸습니다.

다음날 다행히 비행기가 떠서 무사히 한국으로 돌아올 수 있었습니다. 제가 예약한 비행기 바로 앞 12시 비행기는 못 떴다고 합니다. 입국했을 때 나리타 익스프레스 왕복 티켓을 샀지만 오전에는 운행도 하지 않아 어쩔 수 없이 스카이라이너를 타러 닛뽀리로 갔습니다. 눈부시게 파란 하늘이 보입니다. 날씨가 너무 좋아 배신감이 느껴질 정도였습니다.

공항에 일찍 도착해서 늦은 점심으로 텐동과 소바를 먹고 서점도 가고 이것저것 구경도 하며 귀국의 아쉬움을 달랬습니다. 비록 여행 기간 마지막 이틀간 천당과 지옥

을 오갔지만 태풍 덕분에 더 버라이어티했던 일본 여행이
되었습니다. 지금 생각하면 다 아련한 추억이지만 말입니
다.

信州そば処 そじ坊

信州そば処 そじ坊

営業中

新発売

博多 茶 ひよ子

ひよ子の新しい菓で
抹茶の風味の豊かな
素朴な味のひよ子です。

博多 ひよ子

ひよ子創生
100年記念菓

ひよ子幻のサブレー

ひよ子サブレー

ひよ子幻のサブレー

ひよ子サブレー

책과 여행으로 만난
# 일본 문화 이야기 2

**초판 1쇄 인쇄**   2022년 6월 10일

**초판 1쇄 발행**   2022년 6월 17일


지 은 이    최수진

펴 낸 이    최수진

펴 낸 곳    세나북스

출판등록    2015년 2월 10일 제300-2015-10호

주     소    서울시 종로구 통일로 18길 9

홈 페 이 지    http://blog.naver.com/banny74

이 메 일    banny74@naver.com

전화번호    02-737-6290

팩     스    02-6442-5438

I S B N    979-11-87316-41-1  03810